郭凤英◎编

中外经典寓言故事

中国纺织出版社

内容提要

寓言故事是一种比较重要的文学体裁，因结构简单、寓意丰富而在世界范围内大受欢迎。它集智慧和思想于一体，通过简明生动的小故事阐述一些深刻的道理，引人思考，给人启迪。

本书精挑细选了一些中外经典寓言故事，并根据内容配上了精美的图画，希望小朋友在体味智慧的同时，还能获得更深层次的阅读快感。

图书在版编目（CIP）数据

中外经典寓言故事 / 郭凤英编. -- 北京 : 中国纺织出版社，2014.9（2023.4重印）
ISBN 978-7-5180-0658-8

Ⅰ. ①中… Ⅱ. ①郭… Ⅲ. ①寓言－作品集－世界 Ⅳ. ①I17

中国版本图书馆CIP数据核字（2014）第094333号

策划编辑：欧　锋　　　责任编辑：赵晓红

责任印制：储志伟

中国纺织出版社出版发行

地址：北京市朝阳区百子湾东里A407号楼　邮政编码：100124

销售电话：010－67004422　传真：010－87155801

http: //www.c-textilep.com

E-mail: faxing@c-textilep.com

中国纺织出版社天猫旗舰店

官方微博http://weibo.com/2119887771

永清县晔盛亚胶印有限公司印刷　各地新华书店经销

2014年9月第1版　2023年4月第2次印刷

开本:710×1000　1/16　印张:12

字数：114千字　定价：36.00元

前　言

寓言故事是文学体裁的一种，它以短小精悍、寓意深刻、趣味性强等特点见长。往往使用借喻、拟人等手法，来阐述某种深刻的道理，使人们在休闲娱乐之余获得启迪和经验。它们大多来源于生活，人们一辈辈口口相传的那些感人至深、寓意深远的故事，是人们集体生活的智慧结晶。

本书将中国、古希腊罗马、阿拉伯、印度等多个国家经久不衰、源远流长的寓言故事进行整理、浓缩，保留原有的经典情节，用通俗易懂且富有趣味的语言编撰而成，其中有画蛇添足、愚公移山、黔驴技穷、龟兔赛跑、狮子和蚊子、渔夫和魔鬼等脍炙人口的寓言故事，更是塑造了东郭先生、愚公、狡猾的狐狸等经典形象，令人难以忘怀而印象深刻。

此外，该书主要采用以文字为主，配以精美的图片，将各个寓言故事图文并茂地叙述出来，并且在故事之后设立智慧果栏目，通过文字点拨来使小朋友们更好地理解故事，起到画龙点睛的作用。

不要认为千百年过去了，这些寓言故事已经过时了。实际上就在我们的生活中，甚至就在我们的身边，很多类似的故事还常常发生，读过这些寓言故事起码能够引起我们的警觉，不会再重蹈故事中那些覆辙。

在此谨将这本书奉献给广大青少年朋友，希望大家能够喜欢，并能够从中获得帮助、启发。

编者

2014 年 1 月

目录

第一章　中国经典寓言故事

中国是四大文明古国之一，文明源远流长。我国人民在劳动和生活的过程中，为后世创造了无数丰富的精神文化成果。一般而言，中国经典的寓言故事都遵循短小精悍以及幽默深刻的原则。通常，这些寓言故事只需要简短的几句话，便可以给我们呈现一幅幅情节生动的画面，我国古人的智慧通过这些简短的故事也得以鲜明地呈现出来。通过阅读中国经典的寓言故事，我们可以从中学到很多做人做事的道理，获得智慧上的点拨，从而促使我们养成良好的行为习惯。下面，就让我们一起来阅读中国经典寓言故事，感悟我国古人的智慧与哲思吧！

东郭先生和狼

春秋战国时期，晋国赵简子有一次到中山打猎，在打猎时碰到一只能够直立行走的狼。赵简子要射杀那只狼，但没射死，结果让狼逃跑了，赵简子便和随从们一起穷追不舍。

此时，东郭先生在山中迷路了，正在寻找出山的道路，这只狼忽然窜到他的面前。

狼向东郭先生哀求道：“我被人追杀，您快救救我吧！我若是活下来，一定会好好报答您的。”

东郭先生考虑片刻说：“不救你，我于心不忍，你躲进我的布袋里吧！”说罢，他便拿出书简，腾空布袋，把狼装进了布袋。

不一会儿，赵简子就到了，他询问东郭先生狼的去向，东郭先生假装不知，愤怒的赵简子斩断车辕说道：“谁敢知情不报，下场就跟这车辕一样！”

尽管十分害怕，但东郭先生依然不肯说出实情。赵简子见实在问不出什么，就带人离开了。

赵简子刚走远，东郭先生就将狼从布袋里放了出来，可是狼出来之后就说道："刚才谢谢你救我。不过我现在很饿，你干脆让我吃掉，填饱肚子吧！"说罢，就露出獠牙扑向东郭先生。

东郭先生赶忙四处逃窜，你追我赶，很快太阳就要下山了，东郭先生觉得这样不是办法，就对狼说："我们不如问问别人的意见！如果大家都说你应该吃我，那你就吃了我吧。"狼痛快地答应了。

很快，他们询问了杏树和母牛。杏树和母牛都认为狼应该吃了东郭先生，狼听了十分得意。

就在这时，来了一位老人，东郭先生请老人主持公道。老人听了事情的经过，叹气说道："你怎么能吃自己的恩人呢？"狼狡辩道："是他先要用布袋谋害我，我才要吃他的。"

老人想了想说："你们说的都有道理，我难以裁决。如果你能让东郭先生再用布袋装你一次，我就相信他是想谋害你，这样你就能名正言顺地吃他了。"

狼觉得很有道理，就听从了老人的意见，没想到它一进布袋里，迎来的便是东郭先生的利剑。

——出自《东田文集·中山狼传》

智慧果

善良的东郭先生滥做好人，救了恶狼，险遭厄运。在生活中，与人交往时，我们要明辨是非，不能当"东郭先生"。对待本性善良的人，我们也应该用善心去对待他们；而面对狼一样的恶人时，我们一定要谨慎小心，时刻提防。

滥竽充数

春秋战国时期，齐国国君齐宣王特别喜欢听别人吹竽。在他手下，有一支近300人组成的乐队。齐宣王喜欢热闹，所以，每次都要乐队里的所有乐师一起吹竽给他听。

南郭先生知道了齐宣王的喜好，觉得这是一个好机会，便去齐宣王那里推荐自己，并吹嘘说："大王，我是个非常有名的乐师，吹竽的技术很好，只要是听过我吹竽的人无不赞不绝口。"

南郭先生的话让齐宣王很高兴，他爽快地把南郭先生编进了乐队中，并没有对南郭先生进行任何考察。

从此以后，南郭先生和其他人一样合奏吹竽给齐宣王听，并和其他人一样享有丰厚的待遇，过着舒适的生活。

其实，南郭先生欺骗了齐宣王，他根本就不会吹竽。每次演奏时，南郭先生都是捧着竽混在乐师队伍里模仿别人，并装模作样地摇晃身体，一起摆头，还表现出一副忘我的姿态。就这样，南郭先生骗过了所有人，他从来都没有付出任何劳动，却和别的乐师一样拿着丰厚的薪水。

好景不长，几年之后，齐宣王去世了，他的儿子齐湣王成为齐国的国君。和齐宣王一样，齐湣王也喜欢听吹竽。但是齐湣王觉得300人一起吹竽太吵了，他喜欢听独奏。

齐湣王命令这些乐师好好练习，并轮流吹竽给他听。接到命令之后，乐师们都努力练习，好好准备，希望可以在齐湣王面前一展身手。只有南郭先生着急了，因为他根本不会吹竽。情急之下，南郭先生赶忙收拾好行李连夜逃走了。

——出自《韩非子·内储说上》

智慧果

南郭先生依靠坑蒙拐骗讨生活，虽然在短时间内蒙住了别人，但时间一长，终究还是露馅了。这个故事告诉我们，谎言最终是会被揭穿的。要想成功，勤奋学习是唯一途径，只有拥有真才实学，才能经得起考验。

这则寓言是对骗子的讽刺，他们没有真本领，却依靠蒙骗别人牟利。这告诉我们生活中要多加防范，不要轻易相信别人的花言巧语，同时提醒我们要努力学习，做一个有真才实学的人。

狐假虎威

战国时期，楚宣王在位时，北方各国都很害怕他的大将昭奚恤。对此，楚宣王觉得很奇怪。有一天，楚宣王问朝中大臣，为什么大家都很害怕昭奚恤呢？这时有一个大臣站出来，给楚宣王讲了一个故事。

很久以前，有一只老虎住在一个山洞里。老虎饿了，便到山洞外面去寻找食物。

老虎来到茂密的森林里，看到一只正在散步的狐狸。于是，老虎迅速扑过去，将狐狸逮住。

老虎正准备吃掉狐狸时，狐狸灵机一动，对老虎说："我是天帝派来管理山林的，天帝命令我当百兽之王，你要是吃了我，天帝就会惩罚你。"

老虎见狐狸那傲慢镇定的样子，心中将信将疑，于是问狐狸道："有什么证据可以证明你是百兽之王？"

狐狸见老虎上当了，心中暗喜，便挺起胸膛，指着老虎的鼻子说道："要是不相信，你可以跟我到山林里走一趟，所有野兽对我都很敬畏，见了我都会抱头鼠窜。”

老虎觉得这是个不错的提议，便照着狐狸所说的去做了。它让狐狸在前面走，自己跟在狐狸的后面，一起走向山林深处。

狐狸大摇大摆地在前面带路，老虎小心翼翼地跟在后面。没过多久，它们就发现了那些在森林里觅食的动物，如野兔、山羊、熊等，它们看到狐狸时，都吓得魂飞魄散，四处狂奔。

这时候，狐狸得意地对老虎说：“你现在相信了吧，我就是百兽之王。森林中的百兽，有不怕我的吗？”

看到此种情形，老虎也觉得胆战心惊。但是，老虎并不知道，其实野兽们怕的是自己，而并不是狐狸。

狐狸用谎言骗过了老虎，借着老虎的威风，不仅躲过了被吃的命运，而且在百兽之前大显威风。

所以，北方各国之所以害怕昭奚恤，并不是因为昭奚恤本人有多厉害，而是因为他手中握有楚宣王的兵权。北方各国真正所害怕的，其实是楚宣王的权势。

——出自《战国策·楚策一》

智慧果

《狐假虎威》是一个家喻户晓的寓言故事。这个故事告诉我们，那些狡猾奸诈的人靠欺骗别人过日子，他们虽然能够借助别人的力量威风一时，但这些人是脆弱不堪的。在面对困难时，我们应该迎难而上，而不是耍小聪明逃避。同时，我们也不应该盲目相信别人，要有明辨是非的能力。

画蛇添足

在战国时期的楚国，有一家贵族在祭祀祖宗之后，准备将祭祀剩下的一壶酒分给门客喝。

参加祭祀的人有很多，可是，酒却只有一壶，大家不知道如何处理。

这时候，有人提议道："如果每个人都喝的话，这壶酒完全不够，还不如把酒给一个人，让他喝个痛快。"

另一个人问道："那酒应该给谁喝呢？"

过了一会儿，又一个人站了出来说道："我想到一个好办法，要不我们每个人都在地上画一条蛇，谁画得又快又好就喝那壶酒吧。"

大家觉得这是一个好主意，同意了这个提议。于是每个人都拿一个小木棍，在地上认真地画起蛇来。

没过多久，有一个人就把蛇画好了。发现其他人都还没把蛇画好，这个人开始得意起来，并想着多显示下自己的本领。于是，他一手拿着酒壶，一手拿着木棍，自言自语地说道：“哎呀，你们画得可真是慢啊，让我再来给蛇画上几只脚，说不定等我画完了你们都还没画好呢。”说完，这个人给蛇画起脚来。

就在这时，另一个人也把蛇画好了，然后站起来，一把抢过他手中的酒壶。

见此情景，给蛇画脚的人大声争辩道：“是我最先画好蛇的，酒是我的，你别抢。”

那人笑着说：“你现在还在画呢，我已经画好了，酒当然应该给我喝。”

给蛇画脚的人继续争辩：“我早就画好了，我是看你们画得太慢时间还早，才想着给蛇添几只脚罢了。”

那人笑了，说道：“你见过蛇吗？你知道蛇长什么样子吗？蛇根本就没有脚的，你为什么要给蛇添上脚呢？你现在画的根本就不是蛇，你凭什么说你画好了呢？第一个画好的人是我，这酒应该归我。”

说完，那个人拿起酒壶，毫不客气地将酒全喝完了。给蛇画脚的人目瞪口呆地看着别人喝掉自己的酒，后悔不已。

——出自《战国策·齐二》

智慧果

“画蛇添足”用来形容一个人做了多余的不恰当的事，结果是贻笑大方。这故事告诉我们做事应该适可而止，实事求是，不要自作聪明，多做一些没有意义的事情。我们还应该从这个故事里吸取教训，不要多做一些无意义的举动而丧失本应该属于自己的东西。

井底之蛙

从前，有一只青蛙，它一直居住在一口枯井里。有一天，青蛙吃完饭之后，在井底发呆。忽然，它看见一只大海鳖正在散步。

青蛙扯开嗓门，对着大海鳖大喊道："海鳖兄，你快过来，快过来！"

看到海鳖来到自己所在的废井旁边，青蛙说道："你今天运气真是太好了，来参观参观我的居室，让你开开眼界。"

海鳖看了看井里，发现井底满是绿苔和污水，而且还有一股臭味。海鳖皱起了眉头，赶紧把脑袋缩了回去。

青蛙没有注意到海鳖的表情，继续扬扬得意地说道："这儿可舒服了！每天傍晚，我都跳到井栏上去乘凉；到了深夜，我便钻到井壁里面的窟窿里睡觉。我可以在水里游泳；我也可以跳到泥里，在软绵绵的泥土上散步，泥土盖住我的脚背，我可以在里面欢快地打滚。你看看周围这些小虫子、小螃蟹、小蝌蚪，哪一个能有我这么自由自在呢？海鳖兄，你是不是很羡慕我呢？”

听了青蛙的话，海鳖也有些心动了，可是，海鳖的左腿还没有踏出去，它的右腿就被井栏给卡住了。

海鳖急忙后退两步，然后它给青蛙介绍起大海的景象。海鳖问青蛙：“你有没有听说过大海？”

青蛙摇了摇头。

海鳖继续说：“大海无边无际，即使是用千里也不能形容海的辽阔，用万丈也无法表明海水的深度。传说在大禹做国君时，经常遭遇水灾，海面并没有因此而上涨；在商汤时代，经常遭遇旱灾，海水也没有因此而减少。海是无边无际的，以至于时间、旱涝这些都无法影响到海水的水量。青蛙兄，我就生活在这样的大海里。你觉得和你那井中的浅水比起来，哪一个更广阔、更有乐趣呢？”

听了海鳖的话，青蛙惊呆了，半天都合不拢嘴。它羞愧极了，满脸通红，一句话也说不出来。

——出自《庄子·秋水》

智慧果

一个人的生活环境会影响他的思想意识，从青蛙与海鳖的对话中我们可以看到，只有眼界开阔，才能解放思想。我们的世界非常广阔，如果我们不去探索未知的世界，只把自己看到的一个小小的角落当成是整个世界，把自己所掌握的浅薄的知识看作是全部的真理，我们就会像那只井里的青蛙一样孤陋寡闻。这个故事是对那些自高自大、目光短浅且孤陋寡闻的人的讽刺。

自相矛盾

春秋战国时期，有个楚国人在集市上卖矛和盾。

集市上人很多，竞争非常激烈。最开始，这个楚国人的生意不是很好，光顾的人寥寥可数。眼看一个上午就要过去了，他的心里很是着急。后来，为了吸引顾客，尽快卖出这些矛和盾，这个楚国人想出了一个办法。

只见，他先举起自己手中的盾，向来往的行人大声吹嘘道："各位都来瞧一瞧看一看！请看我手上的盾，这可是用上好的材料锻造而成的呀，看看这质地，多坚固，就算是再锋利的矛也不可能戳穿它。"

楚国人的吹嘘引来众人纷纷围观。

围观的人越来越多，楚国人心里也越来越得意。紧接着，他又拿起靠在墙角的矛，对着众人继续说道："各位再看看我手中的这根矛，这可是经过了千锤百炼的矛啊。看看这矛头，多锋利啊，无论你用多么坚固的盾来抵挡，我的矛都可以将其戳穿。”

大家听了，议论纷纷，都觉得不可思议。想不到世上会有这么好的矛和盾。

就在这时，一个人从人群中站出来，他看着卖矛和盾的那个人，好奇地问道：“按照你刚才说的，你的盾质地优良，坚固无比，不管多么锋利的矛都不能戳穿你的盾；但是，你又说你的矛锋利无比，不管多坚固的盾都无法抵挡你的矛。那么，请大家想一想，如果用你的矛来戳你的盾，结果将会是怎样的呢？到底是你的矛厉害还是你的盾厉害？你的矛能够戳穿你的盾吗？你的盾能够抵挡你的矛吗？”

大家一听，都纷纷笑了起来，大声喊着：“对呀，用的矛刺你的盾将会怎么样呢？你赶快试一下啊！”

楚国人顿时哑口无言，羞愧得脸都红了，他低着头收拾好自己的矛和盾，赶紧灰溜溜地离开了集市 。

——出自《韩非子·难一》

智慧果

楚国人说话太绝对了，导致前后冲突，无法自圆其说，使自己陷入尴尬境地。无坚不摧的矛与牢不可破的盾是不可能同时存在的，楚人在卖矛和盾时太过夸张，导致逻辑错误。

这个故事告诉我们，平时不管是说话还是做事，我们都要给自己留有余地，不要把话说得太满。否则，很可能使自己陷入两难的境地。

刻舟求剑

战国时期，一个楚国人出门远行。他乘小船渡江，到了江心的时候，楚国人一不小心把随身的宝剑掉到江里的急流中去了。

看着掉进江水的宝剑，船上的人都感到惋惜，大叫道：“宝剑掉到水里去了！宝剑掉到水里去了！你怎么还不快去把宝剑找回来呀？”

楚国人却并不慌张，一副尽在掌握之中的样子。他慢慢从兜里掏出一把小刀，在船舷上刻上记号，然后胸有成竹地对大家说：“这是宝剑落水的地方，我要在这里刻上一个记号。”

众人都很疑惑，不知道楚国人这么做有什么意义。

有人催促楚国人：“你快点下水去找宝剑吧，不然等船开远了，你就再也找不到宝剑了。”

楚国人依然不慌不忙道："不用急，不用急，我这不是刻了记号了嘛。"

小船继续前行，仍然有人在催促楚国人："船越行越远了，你再不下去把剑找回来，你就再也找不到你的宝剑了。"

楚国人依旧很自信地说道："我在这儿刻了记号的，根本不用着急。等我到了岸边就能很轻易地找到宝剑了。"

看到楚国人这么固执，众人也无话可说，都保持沉默了。

到岸边，船停下来，楚国人立刻顺着他在船上刻下的记号下水去寻找宝剑。可是，找了好久好久，楚国人也没有找到宝剑的影子。

楚国人觉得很奇怪，他自言自语道："真是奇怪，我的宝剑明明就是从这里掉下去的，我还刻了记号在这里，现在怎么找不到了呢？"

听到这个，船上的人都笑了。其中有一个人站出来，对楚国人说："船一直在往前走，而你的宝剑掉到水里之后就一直没有动。我们都往前走了这么远了，而你的宝剑还是在掉下去的地方，你现在在这里怎么可能找到你的宝剑呢？你这只是白费工夫啊！"

楚国人听了恍然大悟，面对众人嘲笑的目光，又想到自己早已不知去了哪儿的宝剑，他后悔不已。

——出自《吕氏春秋·察今》

智慧果

世界上的万事万物，总是在不断发展变化的，我们应该用动态的眼光看问题，了解事物发展变化的规律，然后根据其变化规律来解决实际问题，而不能用静止的眼光看问题，更不能顽固地坚持教条主义。"刻舟求剑"一般用来批评那些死守教条、顽固而不知变通的人。

郑人买履

从前，有一个郑国人。有一天，他发现自己的鞋破旧不堪，就想去集市买一双新鞋。

郑国人先在家找到一根小绳子，然后用这根小绳子量了下自己的脚，量好了脚的长短和尺寸。

不料出门去集市时，郑国人把绳子放在家里，忘记带出来了。

郑国人的家离集市较远，他走了好久才走到集市。集市上人很多，各种各样的小商品在各个柜台放着，热闹极了。

郑国人来到一个有各式各样鞋子的鞋铺，然后对老板说："老板，我要买鞋，给我拿几双出来试试。"

老板拿出几双鞋来，让郑国人一双又一双地试。鞋子都很好看，挑了又挑，选了又选，郑国人最后终于挑到了一双自己最满意的鞋。

这时候，他准备掏出绳子，来比一比新鞋的大小。他在自己口袋里找了好一会儿也没有找到绳子。

忽然，他想起来绳子忘在家里了。

于是，他放下鞋子，急急忙忙赶回了家中，拿了绳子又往集市跑。尽管他跑得很快，但等他到达集市时，鞋铺已经关了门。

由于走了太多的路，郑国人的鞋比之前更破了。加之没有买到新鞋，郑国人十分沮丧。

这时候，几个人围过来，问郑国人到底发生了什么事情。郑国人向大家说明了情况，众人都觉得很不可思议。

其中一个人问道："你买鞋的时候为什么不用你的脚去试一下鞋的大小呢？试一试就可以知道鞋合适不合适了。"

郑国人固执地回答："那怎么行呢？只有我量的尺码才是可靠的，我的脚一点都不可靠，我只相信尺码而不会相信我的脚。"

听了郑国人的话大家都笑了。

——出自《韩非子·外储说左上》

智慧果

郑国人固然可笑，可是在生活中，这样的人随处可见。有些人无论做什么事情，都不考虑实际情况。书上怎么写，他就怎么做，书上没写，他就不相信其存在。这种僵化刻板的思想必然会阻碍人们对事物的认识和对真理的探索。

《郑人买履》的故事告诉我们，不要墨守成规，要依据实际情况办事。

南辕北辙

从前，有一个人要从魏国到楚国去。为了旅途更快更舒适，他带了很多的路费，雇了一辆上好的马车，请了一位驾车技艺精湛的车夫，然后就上路了。

楚国位于魏国的南方，可是这个人在出发之前什么都不问，就让车夫驾着马车往北方走去。

一路上，遇到很多的热心人，有人问他：“你驾着车是要往哪里去呀？”

他大声答道：“我要去楚国！”

路人听了之后觉得很奇怪，这个人明明走错方向了嘛，便好心提醒道：“你的方向走错了，到楚国应该是往南方走的，你们这是在往北方走，你这样走是到不了楚国的。”

那个人毫不在乎，一点都没有意识到自己的错误，回答道："没关系，我的马车可快了。"

路人又说："你的方向错了，就算是马再快，你也到不了楚国的呀！"

那个人依旧没有醒悟，继续说："没关系没关系，我可是带了很充足的路费呢。"

路人继续劝阻他："可是你的方向是错的，你带再多的路费也到达不了你想去的地方呀。你这样走只会离楚国越来越远的，到头来这些路费不都是白花了。"

那个人有点不耐烦了，他一心只想着快点去楚国，不想再听路人的劝阻。他说道："你们放心，我车夫的赶车技术可高了。你们看，我有这么多的路费，有这么好的马，还有技术如此之高的车夫，我很快就可以到楚国了。"

看到魏人这么固执，路人摇摇头，不再说话，让这个魏人继续往前走。

结果，这个魏人最终也没到达楚国。

——出自《战国策·魏策四》

智慧果

这个故事告诉我们，不管做什么事情，我们都要确立一个正确的方向，若是方向错误，那么就算有再优越的条件，也不可能达到目标。在确立正确的方向之后，我们再充分利用自己的有利条件，这样就能促使事情更好地完成，否则只能是白白浪费时间。

"南辕北辙"通常用来形容行动与目标不一致，结果离目标越来越远的行为。

鹬蚌相争，渔翁得利

战国时期，赵国和燕国都是小国，他们的实力都不太强。

然而，赵惠文王却无视势力强大又对其虎视眈眈的秦国，打算对燕国发起进攻。

为了避免战争，燕国的苏代跑到赵国去游说赵惠文王，希望赵国和燕国能够和睦相处，共同抵抗强大的秦国。

见了赵惠文王，苏代给赵惠文王讲了这样一个故事。

有一天，天气很好，阳光明媚，河岸上面十分暖和。有一只河蚌决定爬到岸上去晒晒太阳。晒着太阳的河蚌觉得十分惬意、舒服，开始打起了瞌睡。

这时候，一只鹬鸟飞过来了，偷偷地落在河蚌身旁。看到沉睡的河蚌，鹬开始用它长长的尖尖的嘴去啄河蚌的肉。

河蚌被惊醒了，本能地把自己的蚌壳合上，紧紧地将鹬的嘴夹住了。

鹬和蚌互相纠缠着，谁也不放开谁。

鹬对河蚌说："我觉得你在这岸上也待不了多久了。你看最近天气这么好，如果一直不下雨，你就会被晒死然后干死，到那时候，你就会变成一只死蚌。"

河蚌毫不示弱地回答道："你别说我了，先想想你自己吧。如果我一直不松开你的嘴，你就会饿死在这里，到时候你就成为一只死鹬了。"

鹬和蚌就这样僵持着，对抗着，谁也不肯服输，谁也不肯放开对方，俨然一副要同归于尽的样子。

这时，走来了一位渔夫。看到僵持着的鹬和蚌，渔夫心里十分高兴，不费吹灰之力就捡了个大个便宜，于是满心欢喜地将鹬和蚌捉住带回家了。

听完苏代的故事，赵惠文王恍然大悟，他拍了拍自己的脑袋说道："多亏苏先生的启发，我终于想通了，不然就犯下大错了。赵国和燕国都是小国，如果我们小国之间互相残杀，最终得利的是强大的秦国。这样的话，我们和故事里的鹬和蚌又有什么区别呢？"

就这样，赵惠文王果断打消了攻打燕国的想法。

——出自《战国策·燕策二》

智慧果

《鹬蚌相争》是苏代游说赵惠文王时讲的一个故事。苏代认为赵国和燕国的战争会让秦国得利。

这个故事告诉我们，我们要有大局观，做事要分清主次，不要为了一时意气之争，却损害了根本利益。如果我们不能正确地认清形势，我们就可能给自己带来灾难。在生活中，面对争议的时候，我们应该学会互相谦让，学会和平共处。如果双方各不相让，只会两败俱伤，让第三者享受成功的果实。

歧路亡羊

有一天，杨子的邻居牧羊归来，一行疾驰而来的车马迎面而过，羊群受到惊吓，等邻居重新把羊赶回来时，发现少了一只，于是，他召集了许多人去找那只丢失的羊。

杨子说道："哎，不就是丢了一只羊吗，你为什么要召集这么多人去找呢？"

邻居回答道："我们这里有很多岔路，人少了分配不过来呀。"

杨子也觉得这话有些道理，也就没有反对。山上的岔路很多。只要遇到一个岔路口，邻居就派一个人沿着岔路去寻找丢失的羊。

没过多久，邻居带的人就全部分配完了，只剩下邻居一人顺着大路走着。可是还没走多远，又出现了很多的岔路。邻居只好随便选择了一条岔路径直走了过去。可是前面的岔路依然很多，邻居又不得不再选一条。

太阳快要下山了，羊还是没找到，邻居无可奈何只好放弃了寻找。

邻居在回来的路上陆续碰到其他的寻羊人，他们也遇到了和邻居同样的麻烦，于是，他们觉得毫无办法了。

他们到家时，杨子问邻居：“你的羊找到了吗？”

邻居沮丧地答道：“唉，跑丢了，找不到了。”

杨子觉得很奇怪，便问道：“你带了这么多人去找你的羊，怎么可能还是找不到呢？”

邻居说：“因为岔路太多了，我们的人不够分配。一个人面对这么多的岔路，还真是不知道该走哪一条，所以我们就都回来了。”

听了这些，杨子情绪变得很低落。从此以后，杨子总是一副闷闷不乐的样子。对此，杨子的门徒觉得十分奇怪，不解地问：“先生，丢了一只羊而已，况且还不是您的，您为什么要成天闷闷不乐的呢？”

杨子说：“我惋惜的不是丢了一只羊，而是从这件事中，我发现追求真理和这次歧路亡羊是差不多的。如果我们在追求真理的过程中迷失了方向，最终也会无功而返啊。”

——出自《列子·说符》

智慧果

这个故事告诉我们，面对困难时，我们应该沉着冷静，静下心来理清思路，找到正确的方向。因为万事万物是复杂无比的，只有选择对的方向，我们才能够找到正确的出路。

所以，在生活中，我们应该注意把握方向，找到事物的本质，而不应该被其他表象所迷惑。只有这样，我们才不至于误入歧途。

黔驴技穷

很久以前，贵州一带没有驴。有一天，一个人用船从外地运了一头驴回来。可是，他不知道可以用驴来做什么，于是便把驴放养到山脚下，任凭它自己吃草或者散步。

这时候，一只老虎出来觅食，远远看见了这头正在吃草的驴。和当地人一样，老虎也从来没有见过驴。

看到驴的身躯如此之庞大，还长着长长的耳朵，样子挺吓人的。老虎心里不免有一些害怕，心想这怪东西看上去很不好惹，我还是不要去招惹它，观察观察之后再说吧。

接下来的几天里，老虎都躲在茂盛的树林里面，悄悄地观察驴的行为。

观察了几天，老虎觉得驴也没有想象中的那么凶狠，于是，它决定试探一下。

就在老虎慢慢接近驴时，驴长叫了一声。这响亮的声音吓了老虎一大跳，老虎以为驴想吃掉自己，转身就跑了。

又过了好几天，已经习惯了驴的叫声的老虎又觉得驴并没有那么可怕，便试着接触驴。只见老虎慢慢走到驴身边，围着驴又是叫又是跳，有时候还跑近驴，轻轻地挨一下驴的身体之后再跑开。

没几下，驴被老虎惹怒了，它抬起自己的蹄子就踢向老虎。老虎见状迅速躲开。可是过了一会儿，老虎发现驴除了会踢，也没其他本事。

见状，老虎高兴极了，迅速跳起来，扑向驴，咬断了驴的喉咙，然后心满意足地吃了一顿丰盛的大餐。

——出自《三戒·黔之驴》

智慧果

驴看起来是个庞然大物，但它却没有什么厉害的本领。最终，老虎摸清了驴的真实情况，把驴给吃掉了。这个故事告诉我们，有很多看起来强大的东西，其实并没有什么真本事。因此，我们不要被事物的表象所吓倒，应该相信自己，勇敢地去面对困难。同时这个故事也告诉我们，应该用真才实学来武装自己，练就一身真本领，只有这样才经得起考验。

揠苗助长

从前，有个宋国人，他以务农为生，每天都会到地里去劳作。就这样，日复一日，年复一年。宋国人厌倦了这样的生活，觉得自己实在太辛苦了。更令他苦恼的是，那些庄稼一点都不善解人意，生长得十分缓慢。

有一天，干了好久的活，宋国人坐在田埂上休息。望着一望无际的庄稼，他开始焦虑起来。他自言自语道："哎，你们这些庄稼呀，你们知道我每天有多辛苦吗？为什么你们一点都不理解我的辛苦，不赶快长高呢？你们什么时候才能体谅体谅我呀！庄稼呀庄稼，快点长高吧，快点长高吧！"

宋国人一边念叨着，一边用手去拔衣服上的一根线头。可是线头没有拔断，反倒出来了一大截。望着拔出来的线头，忽然，一个念头闪过宋国人的脑子，他欣喜若狂地叫道：“哎呀，我怎么就没有想到呢！我把庄稼拔一拔，它们不就能长快点了吗？”一时间，宋国人浑身充满了力量，也顾不得休息了，重新回到田里开始忙碌起来。

太阳已经落山了，这个人的妻子做好了晚饭，坐在桌前等着丈夫归来。可是等了好久，也不见他回来。妻子很担心，心想：“这么晚了还不回来，是不是出了什么事呀。早就应该回来了呀，以往这个时候我们已经吃完饭了。”

就在这时，门“吱呀”一声打开了，妻子看到自己的丈夫满头大汗地回来了。

一进门，宋国人就兴奋地说：“我今天可真是累坏了！我把我们所有的庄稼一根一根都拔出来了一些，忽然间，它们一下子就长高了这么多。”宋国人一边兴高采烈地给妻子描述着，一边比画着。

听到这个，妻子大吃一惊：“什么？你做了什么？你怎么可以……”妻子连责备丈夫的时间都没有，赶紧提了盏灯笼，迅速跑到了田里去。她到田里看到地里的情景后，差点儿气死，庄稼全都枯死了。

——出自《孟子·公孙丑上》

智慧果

自然界万事万物都遵循一定的客观规律。个人的意志是无法改变这些客观规律的，我们想要取得成功，就必须要循序渐进，按照客观规律办事。

故事中的宋国人急于求成，忽视了庄稼生长的规律，最终导致庄稼全部枯死。这个故事告诉我们，做事应该遵循一定的章程，不要耍小聪明、走捷径，忽视事物的客观规律。

杞人忧天

春秋时期，有一个杞国人，他特别喜欢空想。有一天，他坐在屋子外面仰望蓝天，看着看着，他突然呆住了，心里变得惊慌不已，他想：“哎呀，天悬在空中，无依无靠，要是有一天掉下来了可怎么办呀！”这么一想，他就再也坐不住了，逃也似的钻回了屋里。但他看看屋顶，还是觉得不安全，他左看看右看看，最后干脆钻进了桌子下面。他敲敲硬实的桌板，想：“这样就安全多了。”

但是这种安全感只持续了一小会儿，马上他就又不安了。因为他又想到了地。他呆呆地看着自己脚下的地，想：“地会不会突然陷下去呢？那样可就糟了！”刚想完，他便一个激灵站了起来。头顶的桌子一下子便被他掀翻了，头也被碰了一个大包。但他完全顾不得这些了。

他赶忙跑出屋子，想找个高点儿的地方，但到了高地，一看天，立马又觉得不妥，便又慌忙钻回屋里。但一到屋里，仍是安心不下，又再次跑了出去。就这样，杞人变得惶惶不可终日。

后来，杞国人的一个朋友知道了他的忧虑，担心他这样下去会不利于身体健康。于是，这个朋友特意去杞国人家，开导他说：“我们头顶上的天只不过是一些气体聚集在一起而已。在我们的生活中，气体是无处不在的。无论你弯腰抬腿还是说话呼吸，你都是在天际间活动。你为什么会担心天会塌呢？”

尽管这样，杞国人仍然很忧虑，他接着问：“天虽然不会塌，但要是地陷下去了，我又该怎么办呢？”

朋友耐心解释道：“我们脚下的地其实就是一些堆积起来的石块，它们填满了东南西北这四个方位，每一个地方都是有石块的。你看，不管你是站着还是踩着，你都是在地上行走的，所以你完全不用担心地会陷下去。”

听了朋友的开导，杞国人终于放心了。

——出自《列子·天瑞》

智慧果

自然界万事万物都遵循一定的客观规律。个人的意志是无法改变这些客观规律的，我们想要取得成功，就必须要循序渐进，按照客观规律办事。

故事中的宋国人急于求成，忽视了庄稼生长的规律，最终导致庄稼全部枯死。这个故事告诉我们，做事应该遵循一定的章程，不要耍小聪明、走捷径，忽视事物的客观规律。

愚公移山

在很久以前，有一位已经快90岁的老人，名叫愚公。愚公的家门口正好面对着太行和王屋这两座大山，因此愚公每次出门都要绕很远的路，这给愚公的生活带来了很多的不便。一天，愚公把全家人召集起来，共同商议如何解决交通不便的难题。

愚公提议说："我们可以同心协力，一起来搬掉太行和王屋这两座大山。这样我们就可以开辟出一条通往豫州南部的大路，直达汉水的南岸。你们觉得这样可以吗？"愚公说完，大家就七嘴八舌地讨论起来，最后一致认为这是一个不错的主意。

这时候，愚公的夫人却显得有些担心，她说："你这把老骨头，你能移多少呢？按你这状况，我怕你连魁父那样的小土丘都移不走，更何况太行山和王屋山呢！再说啦，我们每天把泥土石块挖出来之后，又应该把它们放在哪儿呢？"

听了愚公夫人的疑问，儿孙们争前恐后回答道："别担心，我们可以把泥土石块都扔到渤海湾去，或者扔到隐土北边也可以的。"

愚公的夫人还想说什么，但一想，大家说的也有理，也就同意了。

一家老小下定了决心，愚公立刻带领子孙三人挑起担子，扛上锄头，开始他们的移山大业。他们砸掉石块，挖出泥土，然后用藤筐把这些泥土石块运到了渤海湾。愚公有一个寡妇邻居，寡妇有一个七八岁的儿子，看到忙碌的愚公一家也蹦蹦跳跳地跑来帮忙。愚公一家热闹极了，不管春夏秋冬，愚公全家老小都坚持干活，很少回家休息。

有一个人叫做智叟，住在河曲。他看到愚公全家每天辛辛苦苦移着大山，觉得十分可笑。一天，智叟遇到愚公，劝愚公说："你怎么就这么傻呢？你看看你自己都这么大年纪了，你连山上的一棵树都无法撼动，还怎么可能把这两座大山给搬走呢？"

听了智叟的话，愚公叹了一口气道："哎，你真是顽固不化呀，思想怎么这么落后呢？你看看那位寡妇和她的小儿子，你连他们都不如哩！我自己是活不了多久了，可是我死了之后还有儿子，我的儿子又会给我生孙子，孙子还会有儿子。就这样子子孙孙繁衍生息下去，我们家人是无穷无尽的。然而，我们门前的这两座大山是不会再长高了。所以，只要我们坚持不懈，一直挖下去，我们需要担心挖不平这两座大山吗？"听了愚公的话，智叟无言以对，只好什么也不再说了。

有一天，山神听说了愚公移山的事情，担心愚公真的会每天坚持挖山，便把此事禀告给了玉皇大帝。玉皇大帝听了之后，被愚公坚持不懈的精神感动了，于是派两个大力士神去人间，将愚公家门口的两座大山给背走了。大力士把其中一座山放到了朔方的东部，把另外一座山放到了雍州的南部。从此以后，从冀州以南直到汉水南岸，就再也没有高山的阻挡了。

——出自《列子·汤问》

智慧果

《愚公移山》讲述了愚公一家不畏艰难险阻，坚持不懈地挖山，感动了天帝，最终将大山移走的故事。目光短浅的智叟企图阻止愚公移山的行为，而愚公却能够用发展的眼光去看待问题，以不达目的誓不罢休的魄力坚持移山，最终获得了成功。智叟的“愚”与愚公的“智”形成了强烈的对比。

这个故事告诉我们做事情要持之以恒，坚持不懈，不要被困难吓倒。

第二章　伊索寓言

《伊索寓言》是古希腊时代盛传的故事，是世界上最早的寓言故事集，也是世界文学史上流传最为广泛的寓言故事之一。《伊索寓言》大多是动物的故事，以动物为喻，教会我们为人处世的道理；有少部分寓言也以神或者人为主。《伊索寓言》篇幅短小精悍，文字凝练，比喻生动形象，哲理丰富，用浅显的小故事折射出智慧的大光芒。整个故事言语虽然不多，却能给读者很多值得回味的东西。《伊索寓言》不仅是向青少年灌输善恶美丑观念的好故事，同时也是我们日常生活的教科书。

龟兔赛跑

有一天，兔子和乌龟在森林里碰面了。

见到慢慢爬动的乌龟，兔子嘲笑道："小乌龟，我们来比赛赛跑好不好？"

听了兔子的话，乌龟知道兔子在嘲笑他。乌龟深知自己跑不过兔子，所以不想搭理兔子。

一看到乌龟没胆量和自己赛跑，兔子心里很得意，并编了一首山歌来嘲笑乌龟："小乌龟，小乌龟，慢慢爬，慢慢爬，一早出门去采花；小乌龟，小乌龟，慢慢走，慢慢走，傍晚还在家门口。"

兔子的山歌让乌龟很生气，它恼怒地向兔子说道："你这只兔子，不要太得意了，要赛跑是吧，咱们就来比比！"

就这样兔子和乌龟的赛跑开始了，它们约定谁先跑到山脚下的大树旁，谁就是胜者。

兔子撒开腿就跑，跑得很快，没过多久，兔子就已经把乌龟甩得远远的了。兔子心里想：“小乌龟爬得这么慢，我一下子就赢了它多没劲，不如睡个觉等等它好了。”它越想越得意，往地上一躺就睡着了。

乌龟爬了好久，才爬到了兔子身边。这时候，它已经累得不行了。看到睡得正香的兔子，乌龟也好想停下来休息一会儿。可是它知道，兔子比自己跑得快很多，自己只有坚持往下爬才有可能赢过兔子。于是，乌龟一边爬一边鼓励自己：大树离我越来越近了！大树离我只差几十步了！大树离我只差十几步了！只差几步了！耶，我终于爬到这里来了！

可是兔子在哪儿呢？它还在睡着大觉做着美梦呢！等兔子醒来，它朝后看了看，“咦，乌龟怎么不见了？”兔子心里嘀咕着，然后往前看了看。“哎呀，不好了，乌龟已经爬到大树底下去了，我得赶快跑才行呀！”可是还是晚了，乌龟最终赢得了这次比赛的胜利。

智慧果

兔子和乌龟赛跑，骄傲的兔子认为比赛实在是太容易了，所以在比赛途中懈怠，躺在路边睡着了。乌龟坚持不懈，虽然很慢但却先到了终点。兔子的骄傲导致了自己的失败，乌龟坚持不懈和持之以恒的努力让它取得了胜利。

这个故事告诉我们，虚心使人进步，骄傲使人落后。我们不应该轻易小看他人，一定要坚持不懈地努力下去，只有这样我们才能够取得成功。

狼来了

从前，有一个放羊娃，他每天都会去山上放羊。有一天，他觉得特别无聊，于是就想找点事来开心一下。想了又想，想出了一个捉弄大家的主意，他觉得这样可以给自己带来很多的乐趣。

看了看山下正在忙碌地种田的农夫们，放羊娃对着他们大声喊道："救命啊，救命啊！狼来了！狼来了！谁来救救我啊！"

听到放羊娃的喊叫声，农夫们急忙放下手中的活，拿着锄头和镰刀就往山上跑。"孩子，不要怕，我们来了！"农夫们一边跑一边安慰着放羊娃："我们来帮你，别怕，我们一定能把恶狼赶走的！"

听到农夫们急促的声音，放羊娃心里暗自得意起来。当一个个气喘吁吁的农夫出现在放羊娃面前时，放羊娃更是得意得不得了。

农夫们赶到山上，什么也没有看到，连狼的影子也不见一个，觉得有些奇怪。

这时候，放羊娃哈哈大笑起来："哈哈，你们上当了，根本就没有什么狼。

哈哈，实在是太有意思了！”

听了放羊娃的话，农夫们非常生气，但也拿他没有办法，只能继续回去干活。

第二天，放羊娃依旧很无聊，他试图用同样的方法骗善良的农夫们。

听到放羊娃的求救声，善良的农夫们想都没想，立刻放下手里的活儿冲上山去，准备帮助放羊娃。可是，等他们跑到山上，仍然没有见到狼的影子。

看到农夫们又被自己骗了，放羊娃可高兴了，他笑得都直不起腰来：“哈哈，你们又上当了！哎呀，你们怎么这么好骗呢！”

对于放羊娃的行为，农夫们感到十分气愤，他们决定再也不相信放羊娃的话了，再也不会原谅他这种一而再再而三的说谎行为。

过了几天，放羊娃正在山上放羊。这时候，一只狼突然闯进羊群，狼真的来了！看到凶神恶煞的狼，放羊娃可害怕了，他拼命地躲藏、拼命地向农夫们求助道：“救命呀，救命呀！狼来了！狼真的来了！大家快来救救我呀！救命呀！”

听到放羊娃的喊叫声，农夫们以为他又在说谎，于是，没有任何人回应放羊娃的求助。农夫们依旧在田里干着活，都不理放羊娃，也都没有去帮助他。

结果，放羊娃的许多羊都被凶残的狼给咬死了。

智慧果

《狼来了》是一个人们耳熟能详的故事，但是这个故事极富教育意义和哲理。

这个故事告诉我们，说谎是一种非常不好的行为，这种行为不仅仅是对他人的不尊重，也会失去他人对自己的信任。所以，我们要做一个诚实的人，不能为了利益而欺骗他人，更不能为了好玩用谎言愚弄他人。同时，从放羊娃的遭遇，我们也可以知道，说谎最终倒霉的只能是自己。

家狗和狼

从前，有一只狼长得很瘦。一天，这只饥饿的狼在月光下徘徊着，四处寻找着食物。走啊走，瘦狼遇到了一只喂养得十分壮实的家狗。

相互问候之后，狼说："朋友呀，你怎么长得又肥又壮呢，你都吃了什么好东西才长这么肥壮呢？你看看我，每天为生计奔波，日夜忙碌着，过得可煎熬了。"

家狗回答道："你真想像我这样吗？你要是想像我这样的话，只要跟着我学就可以了。"

听了家狗的回答，狼急切地问道："真的吗？要真是这样的话，我应该怎么做呢？"

家狗回答说："我每天给主人看家，防止晚上有贼进来偷东西。"

狼继续问道："那我什么时候开始干活呢？我一直住在森林里，经常要忍受风吹雨打，我已经受够了。我现在只想有个暖和的地方可以住，只要可以不挨饿，我什么都愿意做，什么都不在乎的。"

"那好吧，你就跟我走吧！"狗说道。

瘦狼和家狗一起在路上走着，突然，狼发现家狗的脖子上有一块伤疤。狼觉得很奇怪，便问家狗这些伤疤是怎么回事。

家狗淡淡地回答：“没什么。”

狼不甘心，继续问道：“到底是怎么回事，你告诉我呀！”

经不住狼的再三盘问，家狗轻描淡写地回答道：“就一点点小事而已，没什么的啦。这是我脖子上拴的铁链子给弄出来的伤疤。”

狼听了之后觉得很惊奇，大叫道：“铁链子！你是说，拴上了铁链子之后你就不能自由自在地跑来跑去吗？这多么不自由呀！”

“不对不对，不是这样子的。主人只会在白天才把我拴起来，一到晚上，主人就会给我绝对的自由。主人会把他自己盘子里的东西喂给我吃，有时候佣人们也会把他们吃剩的东西喂给我吃，反正他们对我可好了。要不是他们，我也不会长得这么肥壮了。”家狗满足地回答道。

听了家狗的回答，狼十分不屑，它对家狗说道：“晚安，你这只没有自由的狗！你尽情地去享受你的美餐吧，我还是在这里自由自在的比较好。虽然可能会挨饿，但总比一直套着链子生活好。虽然你可以吃得很好，可以过着舒适的生活，但我还是觉得过我自由自在的生活比较好。”

智慧果

《家狗和狼》的故事告诉我们，自由比安乐重要很多。在很多时候，我们会面临很多选择，很多困难。这时候，我们不应该因为一时的困难就做一些不恰当的决定，我们应该把目光放远一点，从长远来考虑一些事情给我们带来的影响，多为以后打算。如果我们为了一时的安乐而放弃难得的自由，最终后悔的将是我们自己。

磨坊主和儿子与驴子

有一天，磨坊主和他的儿子一起赶着驴子准备到附近的市场，想把驴给卖出去。还没走多远，他们就遇到了一群妇女，她们聚集在井边谈笑，十分开心。其中一个妇女见到父子俩说道："你们看看，这人可真奇怪，有驴子不骑，还非要走路呢。"

听到妇女们的谈话，磨坊主就让他儿子骑在驴上。

又走了一会儿，他们遇到了一群正在争吵的老头。其中一个老头看到磨坊主和他的儿子，对其他人说："看吧，现在这个社会世风日下，尊老的传统都没有了。看看这孩子，多懒呀，他骑在驴上都不顾及他那年迈的父亲，让父亲走路，你忍心吗？你这个小东西，还不快下来，让你的老父亲休息休息呀！"

父子俩觉得老人说得挺有道理，于是两个人就互换了位置，儿子走路，父亲骑驴。

接下来，磨坊主和儿子遇到一群孩子和妇女。看到骑着驴的磨坊主和走路的儿子，有几个人大叫道：“哎呀，你这个老头真没用！你看看你的孩子，已经一点力气都没啦。你怎么忍心让他走路呢？真是个可怜的孩子。”

听了这些，磨坊主没办法，只好让儿子也爬上驴，他们父子俩一起骑着驴走。

快到市场的时候，一个市民关切地问道：“请问这驴子是你们的吗？”

磨坊主回答：“是啊，当然是我们的。”

那人继续说：“你们这样会把驴子累坏的，我觉得你们可以两个人一起抬驴子，这样也许会比两个人骑驴好得多呢。”

老人听了，说道：“这也是个主意，要不我就按照你说的试一试吧。”

于是，磨坊主和儿子一起从驴身上下来了，把驴子的腿绑在一起，然后用一根木棍把驴子抬起来，然后继续前行。

终于到了市场了，这时候，很多人跑来围观父子俩。大家都嘲笑他们。人越来越多，吵闹声越来越大。这些人的吵闹声和摆弄使得驴子很不高兴，它用力地挣脱了绳子，然后跳到河里去了。见到这一幕，磨坊主又是气愤又是羞愧，只好赶忙从小路逃回了家。

智慧果

这个故事告诉我们，每个人的喜好和看法都是不一样的，我们做事不可能让所有人都满意，如果我们试图让所有人都满意，到头来，反而会将事情办砸。所以，在生活中，对人对事，我们都应该有自己的主见和想法，对于别人的建议，应该有自己的判断，不要盲从。

狮子和蚊子

有一头狮子住在大草原上，森林里的其他动物都非常敬畏狮子，都害怕触怒这位百兽之王。狮子感觉到十分得意，觉得自己是最了不起的国王！

渐渐到了正午，天气越来越热了，狮子找到一棵大树，躺在阴凉的树荫下，打算睡个午觉。

忽然，一阵“嗡嗡”声打破了狮子的美梦，它睁开眼睛一看，原来是一只蚊子正盘旋在它的头顶上。狮子很不高兴，对蚊子说道：“蚊子，快给我滚开，不要打扰我睡午觉。”

蚊子一点儿也不害怕狮子，对着狮子尖叫道：“你这可恶的大家伙，你凭什么驱赶我呀？惹恼了我，我要吸掉你的血！”

狮子不屑地看了蚊子一眼讥讽道：“哎哟，你这可怜的小东西，居然敢向我挑战，难道你不知道我是大名鼎鼎的百兽之王吗？就凭你这小小的蚊子，我用两根手指就可以把你给捏扁。”

蚊子丝毫不畏惧狮子：“你没什么了不起，只是一个无能的蠢东西！我不怕你，想打架是吧，那就来吧！”

狮子愤怒极了，它用爪子四处乱抓，试图消灭这只小蚊子。可是，蚊子太小了，狮子怎么抓也抓不住它。狮子大声吼叫着，拼命地挥舞着自己锋利的爪子，想把蚊子撕成碎片。

蚊子轻蔑地说：“别以为自己厉害，你的爪子和牙齿对我一点用都没有。现在就让你尝尝我的厉害吧！”

蚊子飞快地冲向狮子，在狮子的鼻子上冷不防地叮了一口。不一会儿，狮子的鼻尖就红肿起来，疼得它嗷嗷直叫。

蚊子得意地说道：“我没说错吧，你就是只愚蠢的狮子，你根本就不是我的对手。”

狮子看准了蚊子，猛地拍了过去，可是，狮子并没有打到蚊子，反而拍在了自己的脸上，疼得它哇哇大叫。迫于无奈，狮子只好向蚊子投降了。

蚊子得意极了，一边飞舞着，一边欢呼着。蚊子太兴奋了，以至于它根本没有注意到树枝间的蜘蛛网。当蚊子飞过蜘蛛网时，立刻被黏住了。

蜘蛛爬了过来，得意扬扬地说道：“哈哈，我捉到了一只肥嫩的小蚊子，我又有一顿丰盛的午餐了。”

蚊子挣脱道：“快放开我！你知道我是谁吗？我可是打败过狮子的英雄。”

蜘蛛丝毫不在意蚊子的说辞，依然高高兴兴地爬向了蚊子。蚊子伤心地说道：“我虽然战胜了强大的狮子，但是现在却败给了这小小的蜘蛛。哎，都是因为我太骄傲了，才犯了这样的错误。”

智慧果

这个故事告诉我们，无论我们取得了多么令人骄傲的成功，也不要自满。骄傲轻敌只会让我们走向失败。

狐狸和山羊

有一只狐狸，它不小心失足掉到了井里。狐狸拼命地挣扎，还是不知道怎样才能爬上去。狐狸十分无奈，只好安心地待在井里，等着别人来救它。

有一只公山羊散完步之后，觉得很渴，便四处找水喝。找呀找呀，山羊终于发现了这口井。

山羊探出头，看到了在井底的狐狸。山羊问狐狸："嘿，狐狸先生，这井里的水好喝不好喝呀？"

听到山羊的提问，狐狸喜出望外。它觉得机会来了，立刻让自己镇静下来，对山羊吹嘘道："这里的水可好喝了！你知道吗，这里是天下第一井呢，井里的水清甜爽口，喝起来十分享受。"

听了狐狸的话，山羊不自觉地流下了口水。

狐狸继续说道："山羊先生，你要不要下来和我一起喝呢，我们一起痛饮一番怎么样？"

山羊本来就渴得不行了，听了狐狸的话，更是忍不住了。它根本就没有怀疑狐狸，不假思索地便跳到了井里。咕咚咕咚，山羊痛痛快快地喝了好多水。等它喝完，它才意识到要爬上去是一件很难的事情，便和狐狸商议起来，讨论它们如何才能爬上去。

狐狸早就盘算好了，它对山羊说："我倒是有一个好办法，不知道你觉得怎么样？"

山羊急切地问道："什么办法，说来听听。"

"你可以用前脚趴在井墙上，然后把你的角竖直。这样，我就可以从你的背上跳出去，然后我再把你拉上来。这样我们不就都可以出去了嘛，你觉得怎么样，山羊先生？"

山羊丝毫没有怀疑，同意了狐狸的提议。

狐狸踩着山羊的后脚，跳到了山羊的背上，然后借着山羊的脚，用力一跳，便跳到了井沿边上。狐狸出去以后，没有想过要把山羊拉上来，打算独自逃离。

看着将要逃离的狐狸，山羊指责道："狐狸先生，你怎么可以这样？你怎么不守信用呢？说好了要拉我上去的呀！"

狐狸回过头，对山羊说道："山羊先生，你也太单纯了吧。你看看你的胡须，多么的完美！为什么你的头脑就不能这么完美呢？没看清出口就往井里跳，你也太盲目了吧。"

说完，狐狸就走了，只留下山羊在井底后悔不已。

智慧果

狐狸是狡猾的动物，山羊在面对狐狸的花言巧语时没有仔细思考，最终轻信了狐狸的话，使自己被困在了井底。这个故事告诉我们，无论做什么事情，我们都要保持理智，全面地去分析问题。我们若是不经大脑思考随意行事，只会让自己陷入危险的境地。

偷东西的小孩与他母亲

从前，有一个非常顽皮的小孩，他总是喜欢在学校偷东西，老师们都拿他没办法。

有一天，这个小孩在学校偷了一块写字石板，高高兴兴地拿回家并对他母亲说："妈妈，妈妈，看，我有一块写字石板了。"

母亲问道："你从哪里得来这块石板的呢？"

孩子回答道："我从同学那里偷的。"

母亲不但没有批评孩子，反而夸奖孩子说："孩子，你真能干！你才这么小，就知道给家里拿些有用的东西，你真是个好孩子！"

听了母亲的夸奖，孩子愈发得意。第二次，他偷了一件大衣，回到家把大衣交给了母亲。

看到这么漂亮的大衣，母亲更加满意了，继续夸奖孩子道："好孩子，你真是乖孩子呀，等你长大了一定是个有本事的人。"

时间一天一天过去，随着岁月的流逝，小孩子长成了小伙子，他的胆子也变得越来越大，他开始偷起更大更贵的东西来。有一次，小伙子正在偷东西，却不小心被人发现了。人们当场捉住了他，把他的双手反绑着，然后把他押送到了刽子手那里。母亲知道后，急忙跑到刽子手那里。

看到被绑着的孩子，母亲伤心极了，捶胸痛哭。

这时候，儿子对刽子手说："我想和母亲说一句话，可以吗？"

刽子手同意了。

儿子叫母亲过来，然后贴着母亲的耳朵："妈妈，我想告诉你一件事情。"

母亲心疼地看着儿子，可是儿子的声音太小了，她怎么也听不见。母亲更加靠近了儿子，儿子看了看母亲，然后猛地一下用力咬住了母亲的耳朵，并把耳朵给撕了下来。

见此状，周围的人都惊呆了，母亲大骂道："你这个不孝之子，怎么可以这么对我呢？我是你的母亲呀！你偷东西犯了杀头罪还不够，现在还想要让我变残疾吗？哎，我怎么养了你这么个儿子呀！"

儿子回答道："这是对你的惩罚！小时候，我第一次把偷来的石板带回家时，你不仅没有骂我反而夸奖我。你那时候要是能够打我一顿，能够让我吸取点教训，我也不至于沦落到今天这么可悲的地步，我也不会被处死了。我就是因为你才变成今天这样的，所以这是你应得的报应！"

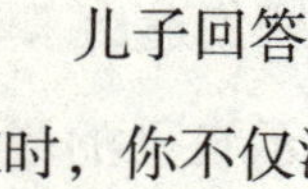

智慧果

这个故事告诉我们，"勿以恶小而为之"。如果我们放任自己，犯一些小错却不注意，任其发展下去，最终必将酿成大祸。故事中的母亲，在孩子初次犯错误时不仅没有严厉批评、惩罚他，反而纵容他的错误行为，最终导致悲剧的发生，母亲也因此付出了代价。

宙斯与众神

宙斯、普罗米修斯和雅典娜都是世间万物的创造者。从前，他们三个在一起创造万物的时候，牛是宙斯创造出来的，人是普罗米修斯创造出来的，房子是雅典娜创造出来的。为了显示自己的成果，他们三个找来莫摩斯，希望莫摩斯可以评判一下他们的杰作。

看到宙斯、普罗米修斯以及雅典娜的成果，莫摩斯惊呆了。但同时，他很嫉妒这三个神创造出来的事物，便假装镇定地说道：“宙斯，你看你犯了错误呢。牛的眼睛应该放在角上才对，这样牛才能看见自己撞到了什么地方。”

对于莫摩斯的批评，宙斯感到很气愤，也很无奈。

接着，莫摩斯对普罗米修斯说：“普罗米修斯，你也做错了嘛。人的心怎么能在里面呢，人的心就应该挂在体外才对。只有这样，坏人才无法伪装自己，大家才能够把自己心里的所有想法都表露出来。人心放在里面，我们怎么知道别人心里在想什么呢？”

普罗米修斯摇了摇头，除了气愤外，也觉得无奈至极。

这时候，莫摩斯对雅典娜说道：“哎呀，雅典娜，你就应该给房子装上轮子，这样的话就可以自由地移动了，我们也不会怕坏人了，因为可以很容易地就搬走。”

雅典娜听了莫摩斯的话，也很气愤，她说：“你这根本就是吹毛求疵嘛！房子装了轮子，得多少人才能推动啊？更何况，那需要多大的轮子才能支撑起房子的重量呢！”

宙斯一听也说道：“牛的眼睛放在角上，那牛的眼睛就会很容易受到伤害了！根本就不行！”

普罗米修斯也说：“心长外面，那该怎样来保护它呢？”

莫摩斯瞪着眼睛辩解道：“不管怎样，反正你们造得不好！”

对于莫摩斯的评判，宙斯、普罗米修斯和雅典娜都觉得他这是无端的诽谤，最后，他们一起把莫摩斯轰出了奥林匹斯山。

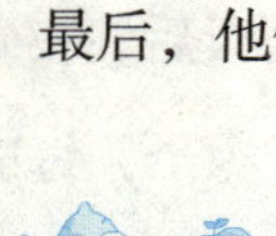

智慧果

这个故事告诉我们，在这个世界上，完美无缺的东西是不存在的。因此，在看待生活中的人和事时，我们应该用包容和开放的心态，不能吹毛求疵，过于挑剔。

孔雀和天后赫拉

一天，一只美丽的孔雀遇到了天后赫拉。孔雀拉住赫拉，对她诉苦道："天后，你知道吗，我现在可苦恼了。"

赫拉关切地问道："怎么啦，我的小孔雀？"

孔雀无精打采地回答："天后，夜莺有一副好嗓子，每次它唱歌的时候，那悠扬、动听、悦耳的歌声都能深深地打动人们的心。所以，人们对夜莺百般喜爱。可是我呢，我的歌声很难听，只要我开口唱歌，听众们就会嘲笑我。我真是不知道该怎么办才好。"

天后赫拉拍了拍孔雀的头，安慰孔雀道：“虽然你的歌声不够动听，但是你有美丽的外表和出类拔萃的身材呀！在这方面，夜莺是远远不能和你比的。小孔雀，你看，你的脖子上永远闪耀着绿宝石的光辉，你还有五彩斑斓的尾巴呢，你一到开屏的时候，羽毛光彩照人，让你显得无比的华丽与富贵，人们可喜欢你的美丽了。”

孔雀仍旧很苦恼，它问赫拉：“可是天后，在唱歌上面，我远远比不上其他人，就算我再美丽，这种美丽也是无言的呀，我要这种美丽有什么用呢？只要我在歌声上不能和夜莺相比，我还是会觉得不快乐的。”

天后赫拉语重心长地告诉孔雀：“我们每个人都有自己的命运，这是命运之神早就给我们注定了的。所以，命运之神注定了你的美丽，注定了老鹰的力量，同时也注定了夜莺的歌声和乌鸦的凶兆。你们每一种鸟类都有自己的特征，其他鸟类都很满意神赋予它们的东西，你为什么就不满意，非要去追求你所不能拥有的东西呢？”

孔雀听后，若有所思地点了点头。从此以后，孔雀再也不苦恼了，心情变得好了很多。

智慧果

《孔雀和天后赫拉》的故事告诉我们，我们每个人都不是完美的，都有优点和缺点。在生活中我们既要看到自己的优点，同时也要接纳自己的缺点。金无足赤，人无完人，所以，我们没必要要求自己是完美的。我们要学会扬长避短，做到知足常乐。

百灵鸟和小鸟

早春时节，麦田里一片绿油油，美丽极了。一天，一只百灵鸟飞到嫩绿色的麦田里，想在麦田里筑巢，以便以后可以生活在风景优美的麦田里。百灵鸟在麦田里快乐地生活着，没过多久就生下了几只小百灵鸟。慢慢地，小百灵鸟们的羽毛逐渐丰满起来，力气也越长越大。看着眼前的小百灵鸟，老百灵鸟心里充满了感动与欢乐。

有一天，麦田的主人来了，他看到麦子已经成熟了，心里也是无比的高兴。主人自言自语道："秋天到了，又到了收获的季节了，我的麦子长得这么好，今年可真是开心。明天我就到我的邻居还有朋友那里去，请他们每人带上一把镰刀来帮我收割。"

一只小百灵鸟听到了麦田主人的话，便急急忙忙地跑去告诉百灵鸟妈妈："妈妈！妈妈！麦田主人明天要收割麦子了，我们就快没有地方筑巢了，我们应该搬到哪里去呢？"

妈妈听了孩子的话，笑道："孩子，别担心！他并不是真正地想要这么快就收割，他只是想先请他的邻居和朋友来帮忙而已。"

过了几天，麦田主人又来了。看到麦田里的麦子都熟透了，有的都快要掉下来了。主人急切地说道："哎，我真是大错特错呀，麦子都熟成这样了，我还一直想着别人来帮忙，还是相信自己比较靠谱呀。我还是自己来收麦子吧，等着亲戚朋友们来帮忙那得等多久呀。"

小百灵鸟把主人的话告诉了妈妈，妈妈便召集来所有的小鸟，对孩子们说道："孩子们，我们现在真的要搬家了。看样子主人这一次是真的着急起来了，他没有想着要朋友们来帮忙，而打算自己亲自来收割。孩子们，我们明天也搬走吧。"

第二天，麦田主人自己拿着镰刀，开始了自己的收获之旅。百灵鸟妈妈带着小鸟们，飞到了更远的地方。

智慧果

麦田主人开始想找邻居朋友们来帮忙收割麦子，但却没有真正付出行动。等到麦子都熟透了，主人心急了，才决定亲自收割麦子，百灵鸟妈妈这才觉得已经到了搬家的时候了。

百灵鸟和小鸟的故事告诉我们一个浅显易懂却又很重要的道理：那就是无论做什么事，我们都应该靠自己的力量，而不要寄希望于外力。只有这样，我们才能把一件事情做成。

狮子、普罗米修斯与大象

很久以前，在森林里住着一只高大威猛的狮子，它对自己很不满意，所以它经常向普罗米修斯抱怨。有一天，狮子又遇到了普罗米修斯，它拦住普罗米修斯说道："你看看你，把我创造得这么高大威武，给了我锋利的牙齿作为武器，还给我的脚上装上了爪子，这样我就比其他动物更加强大了。可是……"

"可是什么？"普罗米修斯关切地问道。

狮子责备道："虽然我既高大又威猛，但是我也有害怕的东西。"

"害怕什么？"普罗米修斯问。

狮子回答道："我害怕公鸡，所以我不管多高大威猛都是没有用的。"

听了狮子的抱怨，普罗米修斯有些无辜地说道：“你怎么能责怪我呢？你看看，我赐给你这么多长处，我能够创造的长处都给了你，你还有什么好抱怨的呢？你害怕公鸡，是你自己太软弱了，和我有什么关系呢？”

普罗米修斯的话，让狮子恍然大悟。它悲叹不已，只怪自己过于懦弱。狮子越想越觉得自己悲哀，于是决定寻死，免得自己继续悲伤。

这时，一心寻死的狮子遇到了一头大象。大象欢快地向狮子打招呼，狮子也回以微笑。它们聊了一会儿天，狮子发现大象的耳朵在不停地扇动。

狮子觉得很奇怪，便问大象：“大象兄，你这是怎么了？为什么你要不停地扇动耳朵呢？”

大象回答道：“你看见这些小蚊子了吗？它们总是在我身边飞来飞去，要是让它们钻进我的耳朵里，我可能就会死掉的，所以我只好不停地扇着我的耳朵，驱赶这些讨厌的小蚊子。”

听了大象的话，狮子幡然醒悟。它自言自语道：“哎呀，我干吗要寻死呢？大象那么庞大的身躯居然害怕那么弱小的蚊子，公鸡比蚊子大多了，我还有什么不满足的呢？其实我比大象幸福多了，公鸡比蚊子强大多少倍，我也就比大象幸福多少倍呀。还好大象点醒了我，不然就酿成大错了呀！”

智慧果

无论是人还是动物，都有自己的优点以及缺点。狮子高大威猛，大象体积庞大，这是它们的优点。狮子害怕公鸡，大象害怕蚊子，这是它们的缺点。我们不应该因为自己在某些方面的弱点就否定自己，我们也没必要用自己的缺点去和别人的优点比较，应该要悦纳自己，坦然接受自己的不足。

樵夫与赫尔墨斯

从前，有一个贫穷的樵夫经常进山砍柴。

有一次，樵夫在砍柴时不小心把斧头掉进河里了。樵夫只有这一把斧头，没有了斧头就没法砍柴，樵夫伤心极了，坐在河边大哭起来。

正在这时，天神赫尔墨斯出现了，他关切地问道："樵夫，你怎么啦？"

樵夫把事情的经过告诉了赫尔墨斯，赫尔墨斯笑着说道："你别着急，我帮你把斧头捞起来吧。"

赫尔墨斯跳进了河里没多久，就拿着一把金斧头浮出了水面。赫尔墨斯问樵夫："这是你的斧头吗？"

樵夫诚实地摇了摇头说："天神，这不是我的斧头。"

赫尔墨斯又潜进水里，这次他又捞上来一把银斧头，然后他问道："这把斧头是你的吗？"

樵夫仍旧诚实地说："天神，我掉下去的是一把铁斧头，这把不是我的。"

赫尔墨斯再一次跳进了水里，过了一会儿，他拿着一把铁斧头浮出了水面。

看到铁斧头，樵夫便高兴地说：“天神，就是这把，这就是我掉下去的斧头。”

赫尔墨斯把铁斧头给了樵夫，樵夫道谢之后正准备离开。赫尔墨斯拦住樵夫说：“你是个诚实的好人，为了奖励你，我把这两把斧头也送给你吧！”

另外一个贪心的樵夫听了诚实的樵夫的故事，便想去河边碰运气。

贪心的樵夫来到河边，故意把自己的斧头扔进了河里，然后，他学诚实的樵夫，在河边大哭起来。

这次，赫尔墨斯又来了。问清原因后，赫尔墨斯跳进水里摸出了一把金斧头，问道：“这是你的斧头吗？”

樵夫看到金斧头，高兴极了，他赶忙回答道：“没错，这就是我丢失的斧头！”

樵夫的回答让赫尔墨斯非常生气，他对樵夫说道：“你这个骗子，这斧头根本就不是你的，你怎么这么贪心呢？”说完，赫尔墨斯就带着金斧头一起消失了。

只剩下那个贪心的樵夫孤零零地站在河边，他不仅没有得到金斧头，连自己的斧头也丢了。

智慧果

在故事中，善良的樵夫因为诚实得到了赫尔墨斯的赏识，获得了巨大的利益；而贪心的樵夫却因为贪婪什么都没得到，反倒丢失了自己的斧头。这个故事告诉我们，做人要诚实，不能贪心，否则我们就可能因此蒙受损失。平时我们就应该严格要求自己，并用自己的言行感染身边的人，让别人也做个诚实的人。

贼和旅馆老板

很久以前，有一个贼住在旅店，他想多偷一点东西来支付他的房钱和饭钱。可是，好几天过去了，贼还是一无所获，他十分焦急，不知道该如何是好。

这天，贼看见旅馆老板坐在门口，身上穿了一件非常漂亮的新衣服。贼想到了一个主意就与老板闲谈起来。聊了一会儿，旅店老板有些乏了，贼见时机已到，打了个哈欠之后，忽然像狼一样大吼一声。

旅馆老板被贼的吼声吓了一跳，便问道："你怎么了？"

贼神神秘秘地回答道："老板，我可以告诉你原因，但是请你先抓住我的衣服，可以吗？"

老板觉得很奇怪，贼接着说道："我愿意把我的衣服放在你的手中！老板，请听我说！其实我自己也不知道是什么时候开始这样打呵欠的，我不知道这种像狼一样可怕的嚎叫是不是对我的惩罚，可能是我之前的罪孽太深重了吧。"

老板听得一头雾水，不知道到底发生了什么事情。

“但是，有一点我是很确定的。”贼说道。

老板好奇地问：“什么？”

贼回答：“那就是，如果我第三次打呵欠，我就会变成一只狼，然后会咬人。”

说完之后，贼又打了第二个呵欠，并且和第一次一样，发出狼一般的嚎叫。

听完贼的故事，看到贼的表现，旅馆老板信以为真，以为贼所说的都是事实。旅馆老板非常恐惧，他站起身来，试图逃走。

这时候，贼扯住老板的外衣，留住了老板，并说：“老板，请你等一等可以吗？你一定要扯住我的衣服，不然我害怕等我变成狼的时候，我会因为暴怒而撕破它的。”刚一说完，贼又打了第三个呵欠，同样又像狼一样嚎叫起来。

旅馆老板被吓坏了，为了避免自己受到伤害，旅馆老板赶紧脱下自己的新衣服交给了贼，自己逃进旅馆躲了起来。

拿到了老板的新衣服，贼非常高兴。为了不让别人发现，贼带着新衣服连忙逃离了旅馆，再也没有回去。

智慧果

在故事中，善良的樵夫因为诚实得到了赫尔墨斯的赏识，获得了巨大的利益；而贪心的樵夫却因为贪婪什么都没得到，反倒丢失了自己的斧头。这个故事告诉我们，做人要诚实，不能贪心，否则我们就可能因此蒙受损失。平时我们就应该严格要求自己，并用自己的言行感染身边的人，让别人也做个诚实的人。

恋爱的狮子与农夫

从前，森林里有一位农夫，他有一个漂亮的女儿。这位姑娘实在太美了，无论是谁都会被她的美貌所折服。一只威猛的狮子才见了农夫女儿一眼，就深深地爱上了她。于是，狮子找到了农夫，希望能够和他女儿结婚。

狮子告诉农夫："您的女儿实在太美了，我见到她的第一眼就深深地爱上了她！我恳求您把女儿嫁给我，我以后一定会好好待她的。"

狮子看起来实在太凶猛了，农夫可不忍心把自己的女儿嫁给这样的野兽，但是他又害怕拒绝之后狮子会吃掉自己。于是，农夫急中生智，想出了一个办法，他对狮子说："我先和女儿商量一下，明天再给你答复吧。"

第二天，狮子如约而至，再次找到农夫。

农夫对狮子说：“你非常的优秀，我的女儿也很愿意嫁给你。但是，我女儿胆子太小了，她害怕锋利的东西。所以，如果要娶我的女儿，你就必须先拔掉你的牙齿，剁掉你的爪子。不然，我女儿可不敢嫁给你。”

狮子已经被农夫的女儿迷住了，为了能娶到她，狮子十分痛快地答应了农夫的请求：“为了她，我愿意做出这些牺牲！”

农夫见狮子已经上当了，心中暗喜，他对狮子说：“那你明天拔掉牙齿剁掉爪子之后，再来找我吧，我就把女儿嫁给你。”

狮子高高兴兴地回到了家，它拔掉了自己锋利的牙齿，忍痛剁掉了自己的爪子。

到了第二天，狮子再次找到了农夫，希望可以尽快娶到美丽的女孩。

看到狮子已经没有了牙齿和爪子，农夫就不再惧怕它了，他拿起一根棍子，把狮子暴打了一顿，还将狮子绑了起来。

没了爪子和牙齿的狮子无力反抗，只能任凭农夫摆布。

农夫制服了狮子后，大笑道：“哈哈，你这只愚蠢的狮子，你这么容易就上当受骗，我怎么放心把女儿嫁给你呢？”

智慧果

狮子轻易相信了农夫的谎言，抛弃了自己锋利的牙齿和爪子，最终被农夫制服了。

这个故事告诉我们，我们不能被利益冲昏了头脑，盲目相信他人的话，而放弃自己的优势。否则，我们将会变得软弱不堪，原来惧怕我们的人也可以轻易地击败我们。

忘恩负义的商人

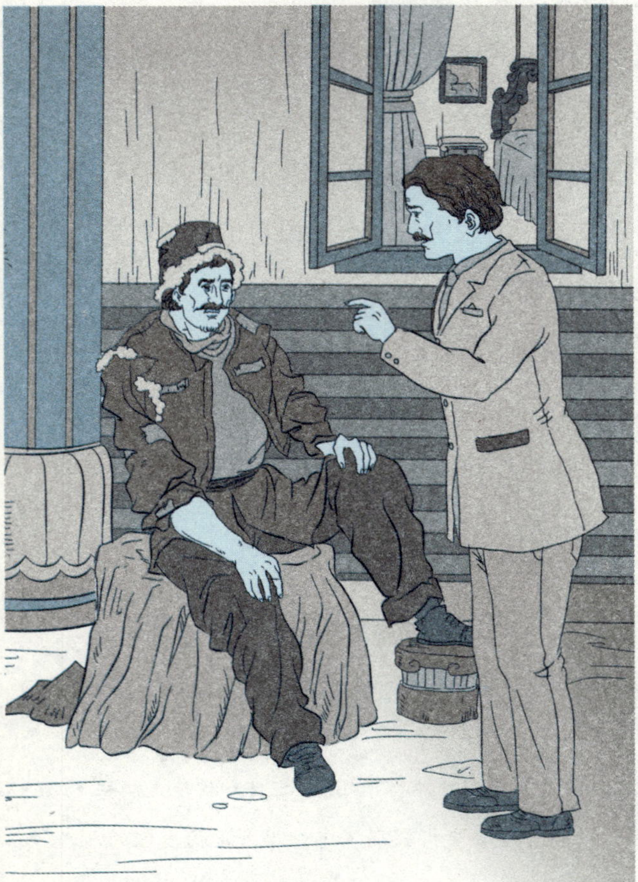

很久以前，有一个做海运的商人，无论遭遇到多么恶劣的天气他都能安然度过，大家都觉得一定是命运女神在关照他。因此，很多代理人和经销商都很喜欢他，给予他很多优厚的条件。在大家的支持下，他也越来越富有，很快便获得了巨额的财富。

这位商人获得财富后，每天都过着奢华的生活，就算是再普通的日子也有婚礼般的排场。

有一天，商人的一个朋友目睹了他奢华的生活，十分羡慕地对商人说道："哎，您实在太气派了，我羡慕极了！"

商人得意地说道："这些都是我努力奋斗来的结果，如果不是我聪明又懂得抓住机遇，我也不会这么富有呀！"

朋友听了，有些不信，他说："大家都觉得是命运女神对你照顾有加，所以你才这么幸运的。"

商人不屑地挥挥手，笑得眼都快眯成一条缝了，他说："根本就不是那回事，这都是我自己的功劳。什么命运女神啊，这么多年了，我连命运女神的影儿都没有见到过！"说完商人便对朋友说起了自己在海上所遇到的种种危险情形，接着又夸夸其谈地讲了自己是如何以聪明机智，把这种种的难关一一克服的。

朋友听得都快呆了。

在商人看来，依靠海运赚钱是一件非常容易的事情。因此，在商人的心中，根本没有一丁点儿危机意识，为了能赚更多的钱，获得更巨额的财富，他便将赚来的钱投资海运事业，组建了更加庞大的船队，进行航海贸易。但是，命运女神似乎不再眷顾他了。这一次，商人的生意非常失败。商人租的三艘船设备很差，因此在航行途中，虽然只是碰到了一点小小的风浪，但就有一艘船被风浪打翻了；另外一艘船由于没有装备必要的防御武器，航行过程中被海盗掠劫了。只有第三艘船平安到达了港口，但是由于经济萧条，商人的货物积压了很长时间都没有卖出去。

即使这样，商人仍是不思悔过，根本就没有重整旗鼓、重新做起的意思，只是每天花天酒地，挥金如土，过着与以往一样的奢靡生活。所以，没过多久，商人就彻底变成了一个穷光蛋。

一天，那个朋友又碰见了商人，看见曾经腰缠万贯的大富翁变成了如今一文不值的穷小子，那个朋友很吃惊。他问商人："这是发生什么了？你怎么变成这样了？"

商人叹了叹气："哎，你就别提了，都是我命不好啊，命运不济呀！命运女神一点也不照顾我，我能有什么办法！"

朋友安慰道："你就别放在心上了，如果命运女神不愿意看到你的幸福，你也就认命吧，但是至少你还可以从中学习到自己应该谨慎小心点儿。"

智慧果

在生意好的时候，商人将成功归功于自己的努力与聪明才干；而生意失败时，商人就把责任推到命运女神身上，认为是自己时运不济。我们不知道商人是否听从了朋友的忠告，但我们可以从中明白这样一个道理：我们不应该把成功归于自己，而把失败归于命运。就如同故事中的商人一样，若是他能少花点儿钱在奢靡的生活上，而把钱投入到他的船队之中，那么他的船也就不会被打翻，也就不会被海盗劫掠。若是在生意失败后，能节制自己的欲望，不要再过纸醉金迷的生活，积蓄力量，等待时机，或许也就不会最后沦落为一个穷光蛋。所以，无论是成功还是失败，命运都是我们自己选择的。

第三章　德国经典寓言故事

德国有很多寓言作家，他们写的寓言故事通常已经超越了对一般人性的思考。这些寓言作家们通常借寓言故事来抨击封建统治者的专横以及教会的愚昧，有时，他们的矛头更是直指普鲁士宫廷。德国寓言故事是非常有阅读意义的，现在，就让我们一起来读读德国的经典寓言故事！

讲故事的人和羊

从前，有一个非常喜欢听故事的国王，他有一个会讲故事的大臣。每次国王累了，这个大臣就会给国王讲五个故事。这对国王而言，是一种莫大的享受。

有一天晚上，国王准备休息了，可是久久不能入睡。于是，国王要求讲故事的大臣再多讲几个故事。

那个人又给国王讲了三个故事，不过这些故事都很短，国王极其不满意。他对讲故事的大臣说："我很想听比较长的故事，可你净给我讲短故事听。今天就给我讲个长故事之后再去睡觉吧！"

这时已经是夜里很晚了，讲故事的大臣早已经困得不行，但迫于国王的权威，无奈之下，只好继续讲故事：

“很久以前，有一个富有的农夫。一天，他带了许多钱去集市，他用这些钱买了 2000 只羊。农夫赶着羊回家，途经过一条河。因为暴雨，河水上涨了很多,农夫既不能赶着他的羊从桥上过去,也找不到可以趟水过去的浅水处。后来，农夫好不容易找到了一只小船，可是这只船太小了，以至于农夫每次都只能带一只大羊或两只小羊过河。农夫想不出其他办法，便用这只小船把羊一只一只地摆渡过河。”

讲故事的大臣刚说完这些，便在国王面前睡着了。

国王马上摇醒了他，他说：“我没让你睡，你怎么可以睡觉呢！更何况你的故事还没有讲完呢！”

讲故事的大臣告诉国王：“大王，这是一条很宽的河，但是船是很小的。农夫一共有 2000 只羊，要等农夫把所有的羊都运到河那边去了，我才能告诉你之后发生了什么呀。”

听到这些，国王无可奈何，只好作罢，让讲故事的大臣回去睡觉了。

智慧果

这位国王很喜欢听故事，尤其喜欢听长故事。讲故事的大臣对于国王的要求很无奈，于是讲故事的大臣在国王面前睡着了。这个故事告诉我们，不要总是要求别人做他们不愿意或者不能做的事情，而应该尊重他们的个人意愿。否则，我们就会招致别人的反感。

想当天鹅的白鹅

从前，有一个农夫养了一只鹅。这只鹅有一身雪白的羽毛，看起来非常美丽。因为这只鹅经常听别人的夸奖，久而久之，变得越来越高傲了。这不它经常跑到水塘边上叹惜道："水呀，你要是没有这么浑浊该多好呀！你看我是如此美丽，你根本就不配做我的镜子。哎，你简直太脏了，我都不敢在里面洗澡，否则会把我的羽毛都弄脏的。"

天鹅的话让水塘十分生气，它对白鹅说道："胡说八道！别以为自己有多了不起！你的羽毛和其他的鹅根本就没什么不同。这么多年来，这些鹅都在我这里洗澡、玩耍，它们可都是很满意的。"

白鹅不屑地回答道："我并不是鹅，我可是一只天鹅。"

"哈哈！"水塘忍不住大笑起来："你神气什么呀！你明明就是一只普通得不能再普通的鹅了。你见过天鹅长什么样吗？"

听到这些，白鹅稍微收敛了下说道："我没有见过天鹅。"

水塘接着说道："天鹅的脖子比普通鹅的脖子要长很多。天鹅能够扭动自己的脖子，你要是见过就知道自己根本不是天鹅了。"说完，水塘高兴地在水面轻轻地泛起了许多小浪花。

白鹅不服气地说道："哼，这个我也可以呀！"于是，它拼命地伸长自己的脖子，不断地转动着。可是由于用力过猛，白鹅的嘴张得很大。

看到这一幕，水塘不禁大笑起来："哈哈，你真是一只傻鹅！"

白鹅觉得自己受到了侮辱，便大摇大摆地离开了水塘。

打这以后，白鹅和水塘就结了怨。到了冬天，水塘结冰了。雪花纷纷落下，把整个水塘都覆盖住了。

这时候，白鹅高兴地跑到水塘边，在冰面上大摇大摆地散步。白鹅扭动着脖子说道："看见了吧，我就是一只美丽无比的天鹅！"

可是，水塘这次没有回答。

有一天，白鹅又跑到冰面上散步，炫耀它的脖子，水塘依然沉默不语。白鹅有点忘乎所以了，它把水塘的沉默当成是自己的胜利。白鹅不断地把脖子转来转去，然后又前后伸着脖子，眼珠都差点蹦出来了。

这时，农夫路过水塘边，看到了白鹅。农夫被白鹅的样子吓坏了，他觉得白鹅病了，就把白鹅抓到家中宰了。

智慧果

白鹅仗着自己的美丽在水塘面前吹嘘自己，并认为自己是一只美丽的天鹅。最终，白鹅因为自己的炫耀和荒诞的举动，被农夫杀死了。

通过这个故事，我们应该知道人贵有自知之明这样的道理。在生活和学习中，我们应该对自己有客观的认识，不要过度炫耀、吹嘘自己。否则，可能会给自己带来麻烦。

蝈蝈儿与青蛙

森林里有一个水塘，水塘边住着一只蝈蝈儿。这只蝈蝈儿年纪很大，也很自负。它经常自言自语道：“我肯定是这个世界上最老的蝈蝈了。”

有一天，老蝈蝈在草丛里“唧唧”地叫起来。这时，一只青蛙跳了出来，问蝈蝈儿：“你怎么总是打扰我午睡呢？每当正午，我犯困的时候，你就开始大叫，这让我怎么休息呢？”

蝈蝈儿反驳道：“青蛙，你说我打扰你休息，可你想过没，在其他动物休息时，你也总是一直叫到深夜呢？你为什么不把你的生活习惯变正常点呢？”

青蛙生气了，也骂了起来：“你这个不知羞耻的老东西，你以为自己声音有多好听呢，你的声音能和我的声音相比吗？我这可是优美的男低音呢！”

蝈蝈儿笑了起来：“我的声音怎么不敢和你比呢？就算是比你还要肥胖的青蛙，它们的叫声比你洪亮很多倍，但人们也只会说你们的叫声是‘呱呱’声。可是我们就不同了，一听到我们的声音，人们就认为这是一场精彩的音乐会。”

青蛙更生气了，它最讨厌别人说它肥胖。可是，青蛙一时间也不知道如何应对蝈蝈儿，便骂道：“哼，你这个嘴尖腿细的家伙！”

蝈蝈儿回答道：“是啊，我的腿就是很细长，正因为这样我才可以跳得很远很远，比我身长的十倍还要远呢。”

青蛙听完后笑道：“你以为这个本领很特殊吗？我比你厉害多了，我能够跳我身长的十五倍那么远。”

蝈蝈儿十分不服气，大叫道：“你撒谎！不如我们比比看，看谁跳得远。”

这时候，有只鹳路过，青蛙和蝈蝈儿留住鹳说道：“鹳先生，我们想要比比看谁跳得远，您来给我们当裁判吧……”

鹳打量了下青蛙和蝈蝈儿，便说道：“好，那你们就来比比看，我来看看谁跳得比较远。”

青蛙鼓足了力气往前跳，以至于蝈蝈儿都看不到它了。

鹳走了过去，用它那长长的嘴把青蛙吞了下去。鹳高兴地说道：“好极了！”

蝈蝈儿听到鹳说好极了，以为鹳是在称赞青蛙跳得好极了，也赶忙铆足力气跳了过去。

蝈蝈儿刚好跳到鹳的身前，鹳一口吞了蝈蝈儿，把它当成了饭后的点心。

智慧果

蝈蝈儿与青蛙互相炫耀着自己的叫声以及自己跳得多么远，在它们比赛的时候，被阴险的鹳吞进了肚子里。这则寓言故事告诉我们这样一个道理，我们不应该一味地与别人比较，不能为了胜过别人而使自己吃亏。同时，我们也应该对他人持有必要的警惕心，防止他人趁我们不注意的时候伤害我们。

金黄色甲虫与萤火虫

有一只非常美丽的金黄色甲虫，经常在田野里玩耍。一天，太阳快要落山了，金黄色甲虫赶路时，看到一只萤火虫在路中间躺着。金黄色甲虫见萤火虫拦在路中间，立马说道："你这小东西，快让开，不要挡住我的路！"

这时候，萤火虫睁开了蒙眬的睡眼，问道："天黑了吗？"

听到这些，金黄色甲虫更生气了，它大骂起萤火虫来："难道你没有看见，太阳都快要落山了？"

萤火虫小声说道："可是我不喜欢太阳，我总是白天睡觉。"

金黄色甲虫骂道："要是没有太阳，我们就无法生存呀，是太阳给大地带来了温暖。你看，太阳让我的硬壳闪闪发光，多好看！"说完，金黄色甲虫让一抹夕阳照射在它的硬壳上，使它闪闪发光。

看到这一幕，萤火虫叫了起来："哇，你真的很美！"

听到萤火虫的赞美，金黄色甲虫高兴地说道："是呀，我是最美的甲虫，人们都叫我黄金甲虫。"

蛍火虫感叹道："哇，你的名字也好美呀。"说完，萤火虫就不再吱声了。

金黄色甲虫便问萤火虫："那你叫什么名字呀？"

萤火虫低声地回答道："我叫萤火虫。"

金黄色甲虫大笑起来："哈哈，我看你就是一只小蠕虫！"

萤火虫谦虚地回答："我不是小蠕虫，我是萤火虫，我可以发光呢。"

金黄色甲虫有点怀疑地问道："你什么地方可以发光？"

萤火虫回答："我要到天黑才能发光。"

这时，金黄色甲虫又笑了起来："哈哈，你骗人，哪有虫子会发光的。"说完，金黄色甲虫转身要回家。

才走几步，金黄色甲虫又停了下来，它高傲地对萤火虫说："小蠕虫，再见！"

听到金黄色甲虫的嘲笑，萤火虫有点儿生气了，它大喊道："到了晚上你就知道了，你怎么可以不相信我呢！"

金黄色甲虫挥舞着翅膀，准备飞走时，天色忽然暗了下来。

萤火虫高兴地说道："现在就让你看看我的光芒。"萤火虫一瞬间就点亮了它的"灯"，发出了绿色的光，看起来十分美丽。

见到这一幕，金黄色甲虫吃惊地问道："这是什么？"

萤火虫得意地回答："看，这就是我发出的光，正因为这样，所以我才叫萤火虫！"说完，萤火虫就飞了起来，在草地上跳跃着，就像一颗小星星，只剩下金黄色甲虫在那里目瞪口呆地看着。

智慧果

金黄色甲虫和萤火虫都有各自的特点，但是骄傲的金黄色甲虫并不相信萤火虫的话，最后闹了笑话。这个故事告诉我们，每个人都有自己的优点。我们不能过于自负，以至于只相信自己的优点而不相信别人的优点。

合算的午餐

某个小城镇上，有一家饭店叫做“狮子饭店”，饭店的主人是一个阴险狡诈的人。

有一天，一位衣冠楚楚的客人来到了店里告诉老板：“我有一些钱，我要一份上好的肉汤，再加上一块牛肉和一盘蔬菜。”

老板客气又热情地问客人：“那您还想喝杯酒吗？”

客人高兴地答道：“那就更好了，只要是我这些钱能够买到的好东西，我都要。”

客人在狮子饭店美美地吃了一顿，吃完之后，他从口袋里掏出一枚铜板，这枚铜板已经磨得很光了。客人叫住老板：“喂，老板先生，这是我的饭钱！”

老板看了看那枚光滑的铜板，问道：“这是怎么回事？先生，我给了您那么多东西，您得付我一个银币才够呢！”

那位客人固执地回答说："可是我根本就没有向您要过一个银币的饭菜啊，我只告诉您我要用我的这些钱来吃。这些就是我的钱了，我可没有多余的给你了。你给太多了，这是你自己的责任，可不关我的事。"

客人想着，只要自己无赖一点，自己再厚颜无耻一点，也就可以骗过老板，可以花小钱吃大餐。

饭店老板生气地说："你就是个诡计多端的恶棍，我本应该好好教训你一顿的！但是我懒得和你计较，这顿饭就当是我送给你的好了。不过，我想和你做个交易，我再给你二十四个铜板，你到隔壁的熊饭店把刚才的行为再来一次，重复一下你的把戏，今天的事就这么过去了。"原来老板心想，隔壁熊饭店的老板老是和自己竞争，两个人互相嫉妒，老是喜欢互相挑衅和骂架，每次骂起来各不相让，一直不和。趁着这个机会，让这位客人去教训教训邻居吧。

听到狮子饭店老板的交易，客人狡猾地笑了一下，用一只手抓起老板送上门来的钱，非常机灵地用另一只手抓住了门，并向饭店老板道了晚安，说道："我刚才已经去过你隔壁的熊饭店了，正是那位老板让我到你这儿来的。"说完，客人大步离开了狮子饭店。

智慧果

两家饭店的老板互相竞争，最后让狡猾的客人捞到了好处。这个故事告诉我们，不要有害人之心，否则害人终将害己。两位饭店老板应该从中吸取教训，互相体谅，才能真正解决两个人之间的矛盾。在生活中，我们应该和别人和睦相处，不然，可能会让别人占了便宜。

狼和野猫的故事

很久以前，有一只特别凶残的狼。有一次，这只狼到山里去打猎，由于这里的山区早就已经被围起来了，所以这里的动物们都很安全，动物之间也相处得十分和睦和融洽。

山里还住着一群野猫，这群野猫还有自己的国王。这只狼跑进山里后，便躲藏起来，每天出去抓一只野猫来吃。这严重威胁到野猫们的生命安全。在国王的主持下，野猫们聚集在一起，商量对付这只凶残的狼的对策。

在这群野猫里，有三只特别精明能干的雄猫，它们三个足智多谋，受到国王的尊敬。

国王问第一只雄猫："你有没有什么良策可以对付这只可恶的狼呢？"

第一只猫回答道："国王，我们的力量太渺小了，根本对抗不了这只凶残的狼，我们只能听天由命。"

紧接着，国王又问第二只雄猫："你有没有什么好方法呢？"

第二只猫说："依我看，我们可以离开这个地方，另外找一个可以安家的地方。要是一直生活在这里，我们会陷入危险和痛苦之中。"

这时，第三只雄猫站出来说道：“我有一个能够对付恶狼的办法，大家要不要听一下？”

国王命令道：“快讲吧，我们想听听！”

接着，这只猫告诉大家：“我们现在仔细观察一下那只狼，等它捕到新的猎物时，我们要注意它把猎物弄到哪里去吃。陛下，之后您就可以带着我以及我们当中年轻力壮的猫去慢慢接近那只狼，假装我们想要吃它剩下的东西似的。狼肯定不会害怕我们，那时候，它一定会觉得没有任何危险，也丝毫不会对我们有所戒备。这时候，我可以趁机扑向恶狼，先把它的眼睛抓瞎。到那时候，我们就可以战胜它。不过，在和恶狼的决斗中，我们可能会牺牲许多兄弟，不过为了拯救我们的家园，我们一定要坚持到底！我们是勇敢的猫，我们绝不能因为害怕而离开我们祖祖辈辈生活的地方。陛下，我们一定要用生命来保卫我们的家园！”

国王和其他猫都非常赞成第三只雄猫的办法，大家决定拼死保卫自己的家园。

有一次，在狼又捕到了新的猎物，并把猎物拖到了岩石上面时，野猫们照着那只聪明又勇敢的雄猫所建议的办法，袭击了恶狼。最终，在无数只猫的利爪以及撕咬之下，这只恶狼一命呜呼了。

智慧果

两家饭店的老板互相竞争，最后让狡猾的客人捞到了好处。这个故事告诉我们，不要有害人之心，否则害人终将害己。两位饭店老板应该从中吸取教训，互相体谅，才能真正解决两个人之间的矛盾。在生活中，我们应该和别人和睦相处，不然，可能会让别人占了便宜。

井中旅行

村边的一口井上，有两只用来打水的桶，每次打水的时候，这只桶上来，另外一只桶就会下去，就像天平一样。

一天早晨，有一只狐狸跳进井里喝水，它因此落到了井底。喝足了水之后，狐狸发现自己出不去了，十分伤心和着急。

正在这时候，狐狸看到一只狼跑到了井边，它看起来又饿又渴。狼停在桶边喝水，狐狸灵机一动，招呼狼说："喂，狼先生，你好！你可以帮帮我吗？有一只羊在井下把井里的水都弄浑浊了，你能帮忙把这只羊给收拾了吗？"

狼奇怪地问道："那请你告诉我，你是怎么进去的呢？"

狐狸慢慢回答道："在很久以前，我在这井里挖了一个洞，我就是从这洞里进来的。那只羊呢，知道我喜欢到这里喝水，所以也经常到这里来。哎，那只羊可胖了，胖得几乎能够堵住一条河。时间久了，这口井就被那只羊给污染了。狼先生，你要是肯帮忙的话，你就可以大吃一顿了！"

狐狸的话让狼十分高兴："实在太好了！可是，这口井这么深，我应该怎么下去呢？”

狐狸告诉狼：“你只要跳进桶里，就可以下来了。”

说完，狼便跳进了水桶。由于狼比狐狸重多了，狐狸很快升到了井上，狼则落入了井底。

狐狸从桶里爬出来后，对着狼大叫道：“狼先生，再见了！”

见狐狸要离开，狼焦急地喊起来：“喂，狐狸先生，你到哪里去？你可不能丢下我不管呀！”

狐狸笑嘻嘻地告诉狼：“狼先生，世界上的事都是这样的，如果这个上来了，另外一个就得下去。你有那么多敌人，在下面待着是最好的选择了。”

狼着急地说道：“你简直就是胡说八道！别说一个上去了，另外一个就得下来这种鬼话了。你还是快告诉我，该怎么上去吧。”

狐狸告诉狼：“其实吧，这是一个衡量罪恶的地方。谁的罪恶大，天平就会把谁压下去。”

狼叹了口气：“哎，我承认我的罪恶重，我还是乖乖忍受这种痛苦吧。”

狐狸又说：“所以，你待在井底就当是赎罪吧。”说完，狐狸便回到了森林里。而狼则在井底承受着苦行，并决定以后再也不抓羊了。

智慧果

这个故事告诉我们，在生活中，有许多不公平的事情，从另一层面看，这在某种程度上也体现了公平；也告诉我们，做的坏事越多受到的惩罚将会越大。

丢失的金币

有一位富翁外出散步时不小心把钱包弄丢了，钱包里足足有一千枚金币。一位穷人捡到了富翁的钱包，便拿回家交给了妻子。妻子见有这么多钱，高兴地对穷人说：“这是上帝赐给我们的财富，我们要把这些金币留下来！”

第二天，城里贴出了告示：一位富翁丢失了一个装着一千枚金币的钱包。

在告示里，富翁许诺：谁捡到了钱包并且把钱包还给他，他就拿出一百枚金币作为奖赏。

听到这个消息，穷人跑回家告诉妻子：“我看我们还是把捡回来的金币还给人家吧，这样我们还可以得到一百枚金币的奖赏呢，用起来也会觉得心安理得，这比我们偷偷摸摸地用那一千枚金币好多了。”不管穷人说什么，妻子都不同意把钱还给富翁。

最后，穷人悄悄地拿走了钱包，把它还给了那个富翁。可是，这个富翁是个吝啬鬼，并不想兑现自己的承诺。于是，富翁对穷人说：“我钱包里还差四百枚金币呢，你没有把所有的钱都还给我，我凭什么给你赏金呢？你要是把钱全都还给我，我就给你赏金。”

穷人着急了说道：“可是你的钱包里就只有这一千枚金币，我可没有藏私。”

穷人和富翁的争吵，最后传到了国王那里。国王请来了一位非常睿智的老人，让他来评判这件事情。

老人来到富翁和穷人面前，对两人进行了细致的审问。可是，不管怎么问，他们仍坚持自己没有说谎。

这位老人想了想便告诉国王：“陛下，我现在可以对此事做出判决了。”

国王听了十分高兴，说道：“您就大胆地决断吧！”

这位聪明的老人分析道：“陛下，这个富翁说他丢了一千四百枚金币，而这个钱包只有一千枚金币，说明这个钱包不是他丢的。要是谁捡到了那一千四百枚金币，再让富翁来认领吧。”

对于老人的判决，国王觉得十分满意。

直到这时，富翁才着急坦白道：“陛下，我说谎了，请您饶恕我的罪过吧！我丢失的确实是一千枚金币，是我太吝啬了，请大王饶恕我吧！”

就这样，国王给了穷人一百枚金币，然后把剩下的钱还给了富翁。

智慧果

富翁原本想食言，可是在睿智老人的判决下，富翁不得不兑现自己的承诺。这个故事告诉我们，在生活中，我们应该诚实，不要试图通过谎话甚至欺骗的手段来谋取不正当的利益，否则终将被识破。

鱼加卷饼

一年冬天，野兔和狐狸一起觅食。此时，田野里满是荒芜，既没有老鼠也没有虫子。

狐狸对野兔说：“现在没有东西可以吃了，我好饿，肚子都在咕咕叫了。”

野兔点点头说道：“是啊，如果我的嘴巴能够得着我的耳朵，我都想把自己的耳朵给吃了。”

野兔和狐狸饿极了，它们俩迈着沉重的脚步一直往前走。走了好一会儿，它们看见一位提着篮子的姑娘，一股诱人的新鲜烤卷饼的香味从篮中飘出来，很快就钻进了野兔和狐狸的鼻子里。

狐狸灵机一动，对野兔说：“我想到了一个好方法！你可以平躺在地上，然后假装死去，那位姑娘一定会放下篮子把你捡起来的。”

“为什么呢？”野兔不解。

狐狸答道：“因为你的毛皮可以用来做手套，那个姑娘肯定会去捡起你。这样的话，我就去把篮子给偷来，我们就可以吃到卷饼了。”

野兔觉得狐狸的主意不错，便照着狐狸说的做了。它迅速躺在地上，假装已经死去。狐狸则藏到一个雪堆后面。

姑娘看见了直挺挺躺在地上的野兔，果然放下手中的篮子，弯下身去捡野兔。狐狸则瞄准这个时机，迅速从雪堆后面跳出来，叼起篮子就跑，飞快地穿过了田地。

看到狐狸跑远了，野兔马上从地上爬起来，向狐狸飞奔而去。但是，狐狸并没有与野兔分享卷饼的意思，它想自己独吞这些卷饼。它一直跑，根本不打算停下来。

野兔在一个池塘边追上了狐狸，它对狐狸说：“狐狸先生，要不我们吃鱼加卷饼怎么样？我们可以捉一些鱼来，这样肯定会很好吃的。”

看狐狸有些心动，野兔继续说道：“你可以先把你的尾巴垂进水里去，那些鱼肯定会咬住你的尾巴，这样我们就可以捉到这些鱼了。但是池塘快要结冰了，所以我们得快点儿，不然就没得吃了。”

狐狸觉得野兔的主意不错，便照着做了。这时候，池塘的水刚刚开始结冰。狐狸把尾巴放进水里没多久，冰就结满了湖面，狐狸的尾巴也被冻在了里面。

这时，野兔提起篮子，来到狐狸面前，慢慢地吃起卷饼来。等把所有卷饼都吃完后，野兔就跑走了。它一边跑一边回头对着狐狸叫道：“哈哈，你就把尾巴垂在那儿吧，等春天到来，冰融化了，你就可以出来啦！”

狐狸动弹不得，就像一只被锁住的恶狗，只好冲着野兔狂叫。

智慧果

狐狸和野兔原本是好伙伴，但是，贪婪的狐狸却想独吞两个人的成果，最终反而被野兔打败。这则故事告诉我们，在生活中，面对朋友时，应该以诚相待，不要以欺骗或者其他手段谋取私利。

家鼠和野鼠

从前，一只家鼠和一只野鼠是好朋友。一天，野鼠邀请家鼠到家里去做客。为了款待家鼠，野鼠非常客气地拿出了家里的橡树果、核桃、大麦等东西，几乎把自己储藏室里的所有东西都拿出来了。

可是，家鼠看了这些之后，却对野鼠说："哎，朋友，你太寒酸了，真是一只可怜的老鼠！要不你跟我一起走吧，我的生活过得可富裕了，你完全无法想象，我每天都可以尝到各式各样美味的食物，生活可幸福了。"

野鼠被家鼠的话吸引了，它决定跟着家鼠一起去体验体验那美好幸福的生活。

家鼠带着野鼠进了城，来到一座非常华丽的房子里，这就是家鼠住的地方。它们俩来到一个放满了肉、油脂、面包、香肠、奶酪的储存库，里面的美食应有尽有，有一种取之不尽用之不竭的感觉。

家鼠招呼野鼠说：“嘿，我的朋友，你就尽管吃吧！千万不要跟我客气，我每天都享受这样的食物，我都快吃腻了！”

正在这时，一个厨师进来了。他拿起钥匙，咔嗒几声就把锁给打开了。听到这声音，两只老鼠被吓了一大跳，灰溜溜地就往外跑。家鼠很熟悉，它迅速地跑回了自己的洞里。可是野鼠第一次来这儿，搞不清方位，也摸不着东南西北。为了逃命，野鼠上蹿下跳，十分狼狈才逃脱了。

没过多久，厨师就走了。家鼠从洞里出来，对野鼠说：“朋友，现在我们都安全了，也没有什么危险了，我们继续吃我们的美食吧！”

野鼠心有余悸地说道：“你说得倒好！你对这儿已经很熟悉了，所以你能很快地逃跑，但是我差点就被抓了。哎，我宁愿像以前一样，每天啃啃橡树果，做一只可怜的穷野鼠。虽然吃得差一点，但我过得安心。虽然你很富裕，每天有很多香肠和肥肉可吃，但是还有那么多的厨师和捕鼠器等着你，一点安全感都没有啊。我觉得这座房子里所有的东西都是与你为敌的。但是在我那里，我可以自由自在、无忧无虑地生活，根本不用担惊受怕。”

智慧果

家鼠的生活富裕，但它每天面临着被捕捉的危险；野鼠的生活贫穷，却也可以活得自由自在、无忧无虑。这则故事告诉我们，在这个世界上，很多事情是不能两全的，我们不能既希望得到一些好处，同时也得到另外一些好处。所以，在面对这些选择的时候，我们应该遵从我们的内心，搞清楚自己真正想要什么。

一个东方国家的故事

在西亚，有一个叫做土耳其的国家，据说那里经常会发生一些不平的事情。

有一天，一位有钱有势的富人遇上了一个穷人。穷人向富人乞讨，富人不愿意，便叱责和追打这位穷人。追了好一会儿，富人追不上穷人，于是便拿起石头朝穷人扔去。

看到此情此景，周围的人都觉得很恼火，他们觉得富人做得太过分了。但是，他们也觉得很奇怪，富人都这样打穷人了，穷人怎么还一言不发不起来反抗呢？

穷人没有回应众人的疑惑，他默默地从地上捡起富人扔过来的石头，然后把石头放进了自己的衣服口袋里。更出乎意料的是，从此以后，穷人就一直把这块石头带在身边，再也没有丢弃过。

很久之后的一天，富人遇到了倒霉的事情，他因为诈骗受到了处罚，政府没收了他所有的财产。按照当地的风俗，这个富人还必须倒骑在毛驴上，到城里游街示众。无论富人走到哪里，来来往往的群众都会嘲笑他和咒骂他，笑声和骂声络绎不绝。

正好，当初那位被富人追打的穷人也在人群中，他的口袋里仍然装着那块石头。穷人认出了这个曾经侮辱过他的富人，他有些激动，迅速地把手伸进口袋里，把石头拿出来，然后高高举起石头，准备扔向那个曾经侮辱过他的人。

但是，穷人迟疑了一会儿，他的理智战胜了冲动，控制住了自己想要报复的心理。穷人缓缓放下了石头，任凭脸上的肌肉颤抖着。

穷人看了富人一眼，激动地离开了大街，他自言自语道：“富人之前有钱有势，那时候向他报复是非常愚蠢的，也是非常危险的。但是现在，他遭遇了不幸，我有能力报复他，可是如果我就这样报复他的话，我就成为一个卑劣的人了。”

智慧果

家鼠的生活富裕，但它每天面临着被捕捉的危险；野鼠的生活贫穷，却也可以活得自由自在、无忧无虑。这则故事告诉我们，在这个世界上，很多事情是不能两全的，我们不能既希望得到一些好处，同时也得到另外一些好处。所以，在面对这些选择的时候，我们应该遵从我们的内心，搞清楚自己真正想要什么。

老耕牛和小肉牛的故事

从前，有一个农夫养了一头小肉牛。农夫想把小牛喂得又肥又胖，于是每天都让小肉牛在绿油油的草地上嬉戏、玩耍、吃草。农夫希望这头小牛快快长大，这样他就可以在教堂纪念日那天把小肉牛宰了吃肉。

小肉牛玩耍的草地旁边有一块很大的耕地，一头耕牛在耕地里干活。这是一头非常勤劳的牛，它每天辛苦地拉着犁，帮了农夫很大的忙，但农夫还经常用鞭子鞭打耕牛。长期的劳累之下，耕牛总是不停地叹着气。

欢快玩耍着的小肉牛看到这头耕牛如此辛苦，如此遭受折磨，于是，它走近耕牛，笑着对它说："朋友，你可真是头可怜的耕牛，每天在田里辛苦地劳动着，受尽了奴役之苦！虽然你每天干得这么辛苦，但你的生活还是很悲惨，你的主人每天只给你一点点可怜的食物。我现在发现自己真的是太幸福了，我的主人对我可好了，每天让我自由自在地玩耍，让我高高兴兴地到处溜达，我的心情愉快极了。我觉得这世界上再也没有比我更幸福的牛了！你看我，我是多么的细嫩，多么的可爱。还有我这皮毛，是如此的光亮，如此的出色漂亮！再看看你的皮肤，实在是太粗糙了，看起来丑极了，而且还那么可怕。哎，我真是太快乐了，我一天的欢乐比你一生的幸福还多呢。”

听了小肉牛的话，老耕牛只是沉默着，一句话也不说。不是它不想反驳小肉牛，只是它实在是不知道自己应该怎么回答，所以只能默默地忍受小肉牛的侮辱。老耕牛心里想着：“你就等着瞧吧，总有一天你就知道自己的下场了！”

就这样，日子一天天过去，教堂纪念日终于到了。在草地边玩耍的小肉牛已经又肥又大了，农夫觉得现在正是宰它的好时候。于是，农夫用绳子牵着小肉牛，来到了屠夫那里，然后让屠夫把牛绑在了门上。

正在这时，那头老耕牛拉着满满一车肥料走了过来。看到被捆在门上的小肉牛，老耕牛不禁说道：“哎呀，我的朋友，你曾经的华丽哪里去了？你现在怎么不炫耀你自己了呢？想当初，你嘲讽我的皮肤粗糙丑陋。可是现在，就算你皮肤细嫩又有什么用呢？你还是免不了被宰的命运啊！你说现在我们俩谁的命运更好呢？这就是你游手好闲的报应呀！”说完，耕牛便低下头，继续拉着它那载满肥料的车子走了。

智慧果

老耕牛和小肉牛的故事可以给我们很大的启发，我们可以从中知道：在我们的生活、学习中，我们应该让自己光明正大地活着，一定不要懒惰，不要游手好闲，否则，我们终将会自食恶果。

互相谅解

从前，有一只狐狸和一只鹅，它们在路上遇到了，并友好地交谈起来。这时候，鹅正在池塘里游泳，狐狸站在池塘边上。

狐狸说:“你靠近我一点行吗？”

鹅扭捏地谢绝了狐狸的邀请：“大家都说你很危险，不能轻易靠近你！”

听了鹅的话，狐狸很难过地说道：“大家都这样看我吗？我的确是比较机灵狡猾，可这是我的特殊才能，为什么大家总是误解我呢？我觉得好孤单呀，我都不知道如何才能得到大家的谅解，做一只安分守己的狐狸。我真的不想一直被大家拒绝于外，这种生活真的是太辛苦了！”

说完这些，狐狸哭着说道：“我每天都很努力改变自己，可是大家却总是警惕着我，好像我随时会做出什么坏事似的。鹅啊，你难道就没有看到我的孤独吗？”

看到如此难过的狐狸，鹅游得近了一些，关切地对狐狸说：“我现在开始理解你了。”

狐狸继续说道：“而你呢？我的朋友，你为什么要忍受人类对你的剥削呢？人们对你好，他们给你喂食，他们保护你，可是他们是有目的的呀，他们只不过是想吃你的蛋、嚼你的肉罢了。而且，他们还会把你的羽毛拿来做衣服或者被子。动物们都觉得你很愚蠢。可是你的心肠又这么好，你从来都不会害别人。你真的是一个善解人意的好人，你可不可以和我做朋友呢？我很需要你的理解和同情！朋友，让我们达成相互的谅解，好吗？”

听了这番话，鹅完全相信了狐狸，它划动着自己的脚，努力地游向岸边，一边游一边说：“好呀好呀，我们就做朋友，从此以后互相谅解吧！”

鹅游到狐狸身边，望着狐狸，高兴地说道：“感谢上帝，现在我们相互谅解了！”

狐狸笑着回答：“是的，感谢上帝！”

说完，狐狸就靠近了鹅，用它那锋利的牙齿狠狠地咬进了鹅那美味的脖子里。

智慧果

狐狸和鹅是寓言故事里经常出现的动物，一直以来，狐狸都是以狡猾的形象出现。善解人意的鹅轻信了狐狸的话，最终丧失了性命。这个故事告诉我们，在生活中，我们应该持有警惕性，不要轻信他人的花言巧语，否则可能会给自己带来严重的伤害。

赛格林纳的八哥鸟

赛格林纳的村子里住着一位理发师，这位理发师养了一只八哥鸟。理发师每天都教自己的鸟说话。时间长了，八哥鸟不仅学会了理发师教给它的每一句话，还学会了模仿主人说话，不管主人说什么，它都会跟着模仿。

八哥鸟经常说："我是赛格林纳的理发师！"或者模仿它主人的口头禅"马马虎虎""凑凑热闹""听天由命"等。更好笑的是，八哥鸟还会很生气地说："你这蠢货！"

除了理发，理发师还零售一点烧酒，所以理发师的家里每天都有许多的人来来往往。当客人们和理发师谈话的时候，八哥鸟总会不时地插上一两句，就好像它听懂了客人们的话似的。所以，这只八哥鸟常常引得众人哄堂大笑，大家也都很喜欢它。

有时候，理发师的徒弟会冲着八哥鸟叫道："嘿，你这个小丑，你在干什么？"这时候，八哥鸟便会回嘴说："你这蠢货！"

时间久了，这只八哥鸟越来越出名，附近的人都喜欢谈论它。

有一天，晴空万里，天气好极了。看见窗户正好开着，八哥鸟心想：“我现在已经学会了这么多的话，我是不是可以考虑出去见见世面呢？”于是，趁着没人，它溜出了窗户，飞走了。

八哥鸟先是飞到田野里，和其他鸟群混在一起，跟着它们到处飞。

八哥鸟对自己说：“它们是我的同类，它们对这里的情况肯定比我熟悉多了。”

没飞多久，这一群鸟就掉进了捕鸟人的网中。

八哥鸟倒也没有着急，只是想着听天由命就好了。这时候，捕鸟的人来了。看到自己捕了那么多的鸟，捕鸟人可高兴了。他小心翼翼地一只一只把鸟抓出来，然后扭断这些鸟的脖子，把它们丢在了地上。

捕鸟人正准备把手伸向八哥鸟时，它大声叫起来：“我是赛格林纳的理发师！”

捕鸟人没想到会发生这种事情，他被吓了一大跳，以为自己见鬼了。过了一会儿，捕鸟人镇静了下来，他笑着对八哥鸟说：“喂，你这个小丑，我可没有请你到我这里来，你怎么自投罗网了呢？”

八哥鸟毫不害怕，便回答道：“凑凑热闹！凑凑热闹！”

于是，捕鸟人便把八哥鸟送到了理发师那里，并从理发师那里拿到了不少酬金。

智慧果

这个故事告诉我们，在日常生活中，确实有很多人，他们游手好闲，喜欢到处闲逛，结果就像八哥鸟一样“凑凑热闹”而已，有时候还会使自己陷入尴尬的境地。所以，不管是谁，我们都应该学一些实际有用的东西，终有一天我们会从自己所学的知识中获益。

乡下人和城里人一起朝圣

从前，有一个乡下人和两个城里人一起到圣地麦加去朝圣。一路上，他们都希望展现自己虔诚的信仰。才走到一半，他们三个人带的食物就全吃光了，只剩下一点点面粉，仅能烤一只不太大的面包。

三个人一起捏面团，很快就把面包做好了，就等着把面包放进炉子里烘烤。这时候，两个城里人把头凑在一起，商量着怎样才能多吃一点面包。

很快，他们便想出了一个主意，这时候，只见一个城里人对乡下人说："我的朋友，这只面包实在是太小了，不够我们三个人吃。不如我们先去睡觉，等明天醒来，我们把自己做的梦告诉大家，谁做的梦最奇特谁就吃这个面包，你们觉得这个主意好不好？"

乡下人觉得这个主意不错，便同意了他们的提议。他们三个人把一切准备妥当后，便各自躺下，准备睡觉。

乡下人的脸上浮现出了一缕甜蜜的笑，似乎正在期待着自己可以做一个好梦。过了一会儿，乡下人似乎已经睡着了，其中一个城里人便对另一个城里人说："我明天就说我梦到了两位天使，她们带着我走进了天门，我看到上帝坐在宝座前面……"

另一个城里人接着说："那我就说，我也梦到了两位天使，她们带着我穿过了一个很深的地缝，最终带我去了地狱……"

两个城里人说完自己的想法，高兴不已，他们觉得这个乡下人肯定想不出比他们更奇特的梦的。说完，两个城里人便放心地睡着了。

其实，这个乡下人并没有睡着，他知道了那两个城里人的计划后，对于他们欺骗自己的行为很是气愤，就想惩罚一下他们。他趁那两个城里人睡熟了之后，偷偷地爬起来，摸到了烤面包的炉子边上，将还没有烤熟的面包吃掉了。吃饱之后，乡下人躺回原处继续睡觉。

第二天早上，两个城里人比乡下人先醒，他们推了推一旁的乡下人，说："朋友，快点醒醒，我们来比比谁的梦最奇特！我们两人都做了很奇特的梦呢！"说着便用手不停地摇晃着乡下人。

这时候，乡下人故意装出一副睡意蒙眬的样子，嘴里嘟嘟囔囔地说："谁在叫我呀？我还没睡好呢！"

其中的一个城里人急忙说道："朋友，是我们呀，你的两位好伙伴呀！快醒醒吧！我们快来比试比试。"

另外一个城里人也兴奋地说："我们的面包也该烤熟了，香喷喷的面包你难道不想吃吗？"

这时，乡下人突然站起来，故作吃惊地问道："啊！我的朋友！你们居然又回来啦？"

两个城里人觉得很吃惊，他们疑惑地问道："什么？发生了什么事？我们俩根本就没有离开过呀！你为什么要说我们又回来了呢？"

乡下人镇静地说道："啊，我不是看到有两个天使来了吗？她们把你们中的一位带到了上帝的宝座面前，把另外一位带到了地狱。我以为你们去了天堂或者地狱就再也回不来了呢，因为我长这么大都没有听说过有人能够从天堂或者地狱返回人间的。所以呢，我以为你们不回来了，就起床把面包吃了。"

两个城里人听完这些，瞬间呆住了。

智慧果

乡下人和两个城里人本来是伙伴，他们都怀着虔诚的心去麦加朝圣。但是在途中，由于食物不够，城里人为了自己的私利决定欺骗乡下人。最终，乡下人识破了两个人城里人的阴谋，自己独自享用了面包。

这个故事告诉我们，对于我们的伙伴，我们应该真诚，不要为了自己的私利暗算伙伴。

第四章　阿拉伯经典寓言故事

古老而神秘的阿拉伯流传着很多脍炙人口的寓言故事，这些寓言故事在世界范围内广泛流传，为世界各地的人们提供了丰富的精神食粮。总体来看，阿拉伯寓言叙事性很强，人物性格鲜明，情节引人入胜，在吸引人们阅读的同时又传递着深刻的人生哲理。通过阅读阿拉伯寓言，我们不仅可以领略到阿拉伯人民的智慧，贴近他们的生活，还能收获为人处世的道理，保持纯净乐观向上的心态。接下来就让我们一起走进阿拉伯寓言王国吧！

浪子回头

从前，有个富翁有两个儿子。一天，小儿子对父亲说："爸爸，我现在已经是大人了，请把我应得的家产分给我吧。"父亲觉得有道理，就把家产分给了两个儿子。

没过多久，小儿子便带上自己分得的家当，离开了父亲和哥哥。他在外面挥霍无度，不久就花光了所有的财产。为了生计，他只好给别人养猪，肚子饿的时候，恨不得抓起猪吃的豆荚充饥。

现实情况让他才醒悟过来，对自己的行为后悔不已。他决定回家，找父亲忏悔，以求让父亲饶恕他犯的错误。

于是，他离开异乡，回到父亲身边。父亲远远地就看到了归来的小儿子，父亲十分欢喜，迫不及待地迎上去，不断地亲吻着小儿子的脖子。

小儿子十分感动地说道："爸爸，我已经不配做你的儿子了，请你把我当作一个普通的雇工吧。"

父亲却吩咐仆人说："赶快把上好的袍子拿出来给我的小儿子穿上，还有新鞋、戒指什么的，都给我的小儿子！还有那头小肥牛，也牵过来宰了吧，我的小儿子失而复得啦，太令人高兴了！”

那时候，大儿子正在田里干活。他听见有跳舞作乐的声音，便叫过一个仆人来，询问发生了什么事。

仆人回答说：“你弟弟回来了，你父亲正在为他的归来庆贺呢。”

大儿子一听，心生埋怨，有些气愤，固执地不愿回家。

父亲跑过来劝大儿子，大儿子对父亲说：“我伺候你这么多年，从来没有违背过你的意愿。你却从没有给我一只山羊羔，让我和朋友一同享受。可是弟弟，他挥霍了你的产业，你倒为他这般庆贺，太不公平了！”

父亲听完这话，对大儿子说：“儿呀，你经常和我待在一起，我所有的财富，将来统统都是属于你的。只是你的这个小兄弟，他失而复得，是多么值得庆幸的事呀，因此我们理当感到欢喜快乐。”

智慧果

小儿子分到家产后远走他乡，将亲情抛诸脑后，后来把钱挥霍一空后变得潦倒落魄，甚至难以生存。当他回家时父亲却不计前嫌，反而热情地欢迎他，为此还耐心地安抚大儿子。在这个故事中，我们看到了亲情的伟大。亲情对每个人来说都是最宝贵的财富，不能为了外在的东西而淡漠亲情。无论我们身在何方，家才是我们真正的港湾，也只有亲人才会无私地包容我们的过错，所以我们一定要善待自己的家人，特别是要孝顺自己的父母。

再则，这个故事也告诉我们对人对事要学会宽容。人生在世谁都不能保证自己不会犯错，对待别人的错误要有宽容之心，尤其是在犯错之人已有悔意的情况下，只有给予他们改过的机会，才能真正弥补他们犯下的过错，开始新的生活。

十锭银子

从前，有个贵族要去远方争夺一个国家的统治权。在他临行时，召集了十个仆人，分给他们每人一锭银子，然后吩咐他们说："我把这十锭银子给你们去做生意，等我回来时，你们再来见我。"安排好一切之后，这名贵族就匆匆离去了。

过了一段时间后，贵族成功地成为了那个国家的主人。不久之后，他胜利凯旋，唤回了那十个仆人，并让他们汇报自己的盈利情况。

第一个仆人上前说道："主人，你给了我一锭银子，现在已经赚了十锭了呢。”

这名贵族赞赏地说：“你真是一个善良勤恳的仆人，你对我忠心耿耿又富有能力，那我就派你去管理十座城邑。”

然后，第二个仆人接着说道：“主人，我已经赚了五锭银子了。”

“成绩也很不错了。”主人满意地说，“你可以替我去管理五座城邑。”

这时，又一个仆人上前说道：“主人啊，您瞧，您的银子还在这里呢，原封未动！我一直小心翼翼地保存着。我惧怕您的威严，您是这个世界上最厉害的人了。”

这名贵族的脸色阴沉下来，斥责道：“你这恶仆，凭你刚才的话，我就可以宣布你的罪名！有放下的就想着去拿，还没有种下便要去收，那你为什么不把我的银子存进银行，好等我回来之时可以连本带利地收回来呢？”

说完，贵族转身对一旁的随从说：“夺去他那一锭银子，把银子交给那个赚取十锭银子的仆人。”

“主人啊，”旁边的随从惊呼道，“可是他已经赚了十锭银子了啊。”

“这是很合理的。”主人继续说道，“凡是没赚钱的，就连他已经拥有的，也要夺走。凡是赚钱了的，我就要再加倍赠予他，让他越来越富有。”

智慧果

故事里前两个仆人都利用贵族给的银子创造了新的财富，得到了贵族的赞许与赏赐，第三个仆人不做任何投资，因此激怒了主人，变得一无所有。这个故事告诉我们，只有勇于尝试的人才有机会获得成功，不思进取、墨守成规的人是不会进步的。因此，在生活中，我们要不断努力，把握机会，勇于拼搏，只有这样才能获得成功。

渔夫和魔鬼

从前，有一个老渔夫在海边捕鱼。他的运气不好，第一网只捞起一只死驴，第二网则捞起一个瓦缸，第三网也只有一些碎骨头、碎玻璃和贝壳。眼看太阳就要落山了，老渔夫却还一无所获，心里十分焦急。他立刻跪下来祈祷，祈求真主保佑他捕到大鱼。随后，老渔民撒下第四网，却只捞上来一个铜瓶，上面还有古老的锡封。

渔夫拿起铜瓶，满是好奇和惊疑，他不禁想打开看看铜瓶里面是些什么。于是，他抽出小刀，撬开了封口。这时，居然从瓶子里冒出来一股青烟，徐徐地飘向空中。青烟很快凝聚到了一起，化身成了一个丑陋的魔鬼。

魔鬼指了指老渔夫，大声地说道："是你救了我吗？那么，我要把你杀掉！"

"你怎么恩将仇报？"老渔夫惊恐地说道，"我救了你，你为什么还要杀我？"

魔鬼哈哈一笑，给老渔夫讲了一个故事。原来，这个魔鬼曾经是一位作恶多端的天神。大圣苏里曼为了惩罚他，就将他活捉并关进了铜瓶，加盖封印，最后投进大海。

待在空寂无边的海底，魔鬼心想：“如果谁能救我，我就一定要送给他无数财宝！”

但是，四百年过去了，却依然没有人来救魔鬼。于是，魔鬼立下誓言：“从此以后，只要谁救我，我就杀了谁！”

听完魔鬼的故事，老渔夫大笑不止。他指着魔鬼喊道：“你可真能吹牛啊！这么小的一个铜瓶，怎么可能容得下你这样的庞然大物呢？简直太荒谬了！”

“你不相信？”魔鬼生气地说道，“好吧，就让我来展示给你看看！”说着，魔鬼顿时化成一缕青烟，徐徐地钻进了铜瓶里。

说时迟那时快，老渔夫马上捡起瓶塞，紧紧盖上瓶口，之后又粘上锡封。

“干什么，快放我出去！”魔鬼痛苦地大喊大叫道。

“丑陋无耻的魔鬼！”老渔夫说，“你看着吧，我一定要告诉所有的人，绝对不能救你！永远不放你出来！”

说完之后，老渔夫就把铜瓶抛回了大海。

智慧果

渔夫无意中救了魔鬼，可是魔鬼却要恩将仇报，想要杀死渔夫，幸亏渔夫机智，将魔鬼骗回了铜瓶，化解了一场危机。这个故事告诉我们，千万不要对凶恶的敌人心慈手软，在生活中，要分辨善恶，勇于用智慧来对抗强大的敌人。同时，对帮助过我们的人要心存感激，像魔鬼那样恩将仇报的人必定会失去人心，只能遭到别人的厌恶。

国王、王后和渔翁的故事

从前，有一个聪明的渔夫，一天，他正在湖边捕鱼，忽然，湖面上荡起了奇异的波纹，他十分欣喜，马上撒下渔网。收网时，他感觉里面的东西异常沉重，打开一看原来是捕到了一条红色大鱼。渔夫心想，如果他把这条奇怪的红色大鱼献给国王的话，国王一定会重重地赏赐他的。于是，他走进宫殿，把鱼献给了国王，国王给了他四千枚金币的赏赐。

王后知道这件事后，就对国王说：“您的赏赐不是很合理，如果献一条鱼就赏赐这么多金币，以后如果别人献上更贵重的东西，那么又该如何赏赐呢？”

国王觉得对极了，心中后悔不迭，问王后现在该怎么办。

王后说：“这样吧，我们再派人去把渔夫请回来，就问他这条鱼到底是雌鱼还是雄鱼。如果他说是雌的，你就说要雄的；如果他说是雄的，你就要雌的。他要是不知道的话，我们便可以堂而皇之地把赏赐收回来。”

国王按照王后说的，把渔夫找来问了他这个问题。渔夫听完笑着回答说：“国王陛下，这条鱼很奇妙，它既不是雌鱼也不是雄鱼，它是两性的。”

国王十分欣赏渔夫机智的回答，便又赏赐给他四千枚金币。渔夫在接受赏赐时，一枚金币不小心掉在了地上，他立刻把它捡起来。

王后看见这一幕，就对国王说：“这个渔夫太小气了，居然连一枚金币也不愿意留给别人！”

国王听完也觉得很生气，就问：“渔夫，我赏赐给你四千枚金币，可你怎么竟连一枚金币也不肯放过？”

渔夫立马回答道：“尊敬的陛下，要知道金币上可有您的肖像呀！如果任凭它扔在地上，我担心要是有谁不小心踩到的话，实在有损您的威严啊！”

听了渔夫的回答，国王若有所思地点点头，心里实在佩服渔夫的机智。于是，他不顾王后的反对，又赏给渔夫四千枚金币。

从这件事以后，国王经常提醒自己，万万不可以轻易听信小人的谗言，并和渔夫结成了很好的朋友。

智慧果

故事里的王后出于私心和嫉妒，多次在国王面前说渔夫的坏话，好在渔夫机警、聪明，巧妙地化解了王后的刁难。这个故事告诉我们，在生活中，我们在听取别人的意见与建议时，要有自己的判断，不能偏听偏信，否则就会对人和事物产生误解。此外，在别人取得成功与荣誉时，不能像故事里的王后那样因嫉生恨，甚至暗中诋毁，要大度地接受别人的优秀，同时向他人学习，努力提升自己。

蠢汉和驴子的故事

从前，有一个蠢汉牵着毛驴去田野里吃草，这时刚好有两个骗子路过。其中一个骗子对另一个骗子说："我有办法把他的毛驴骗过来。"

于是，前一个骗子偷偷地来到毛驴跟前，把笼头套在自己头上，装模作样地跟在蠢汉身后，另一个骗子趁机牵走了毛驴。当毛驴被牵走后，装毛驴的骗子就站立着一动不动。

蠢汉发现拉不动缰绳，回头一看，吓了一跳，毛驴居然变成了个大活人。

这时，骗子取下笼头，故作正经地说："别怕，我就是你的毛驴呀！"接下来，骗子开始花言巧语地编故事，说自己某天喝醉酒后回家，他妈妈苦苦地劝他不要再喝了，可他不听，还拿拐杖打年迈的妈妈。妈妈伤心极了，求主惩罚她的儿子，安拉于是就把他变成了一头蠢驴。他妈妈看到儿子变成蠢驴后很后悔，又请求主把儿子变回原形。

蠢汉一听，便信以为真，还连连向骗子表达歉意，接着便一个人回家了。

蠢汉回到家后，老婆问他：“毛驴怎么不见了？”

于是，蠢汉把今天发生的事和妻子讲述了一遍，并流下了伤心的眼泪。老婆听了他的故事后，也信以为真。于是，两个人连忙向真主祈祷，并认为可能是蠢汉干了坏事，才导致发生这样奇怪的事情。那天以后，这对夫妻就不再干家务活了，甚至连田地也不再耕种，一心一意地在家中祈祷忏悔。没过多久，这对夫妻就没米下锅了，妻子觉得这样不行，就劝蠢汉到集市上再买一头驴，恢复以前的生活。

蠢汉到了集市，一眼就相中其中的一头毛驴，正准备付钱给卖家时，突然发现这头毛驴很眼熟，他仔细一看，这不就是以前他们家的那头毛驴吗？蠢汉凑到毛驴的耳朵边上，毛驴一看到主人，感到十分高兴，立刻嘶叫了几声。

蠢汉见状得意地在毛驴耳边说：“我看你只怕是又喝醉了，我才不上你的当呢！”话一说完，蠢汉就立马离开了。

智慧果

蠢汉被骗子欺骗，对骗子的谎言深信不疑，不仅丢了毛驴，还闹出了大洋相。这个故事告诉我们，在生活中，遇到别人的花言巧语时，我们要保持清醒，冷静分析，弄清事情的本质，只有这样才不会被人蒙蔽了双眼。故事中骗子编的故事看似真实，实际上却有很多漏洞，只要认真思考就能看出破绽，但蠢汉却偏听偏信，直到最后还生活在骗子的谎言里。

本性难改的驴子

很久很久以前，一头驴和一头野牛结成了好朋友，它们常常相约一起出去玩耍、吃草。

一个偶然的机会，它们发现了一座美丽的园子。只见园子里到处都是绿油油的青草，地上落满了树上掉下来的果实。但因为有园丁守护，白天的时候它们不敢擅闯。

它们耐心地等候着，一直到天黑，它们才迫不及待地钻进园子里，开始津津有味地啃青草、吃果实，这一切没有让园丁察觉。它们一个劲地吃呀吃呀，最后肚子变得圆滚滚像个球一样了才停止。

天性浪漫的驴子一吃饱便高兴得想要放声大叫。

野牛赶紧劝阻说："天啊，为了我们性命，我的朋友，还是请你忍耐一点，可不敢叫出来呀！我们又不是这儿的守门人，我们可是来偷吃的，只要你一叫，园丁就会发现我们，甚至还会用武器将我们赶走。做事得都分个时间和场合，就像现在，你绝对不能够大叫的。”

“哎呀，你也太傻了，”驴子回答说，“这世上难道会有什么比音乐和歌声更动听的吗，只可惜你对音乐丝毫不懂，完全不如我在这方面拥有很高的天赋。好吧，现在就请你听我唱，竖起耳朵好好聆听吧！”

“天啊，驴子，你疯了吗？我们现在都不应该出声，你竟然还想要唱歌！如果你真唱歌了，我们肯定不会有好下场的。”

虽然野牛再三地劝告，但是驴子还是我行我素地大声唱起了歌。野牛无奈，只是一心祈祷着园丁不要发现它们。

但驴子的叫声实在是太大了，园丁很快便发现了它们，喊道：“天啊，有头驴闯进园子里啦，快捉住它。”

驴子一听到园丁的喊叫，才意识到自己的危险，它拼命地在园子里奔跑着，想要挣脱园丁的追捕，但一切都已经晚了。最后，野牛被做成了肉汤，驴子被套上鞍具，推进磨房，终日劳作。

智慧果

故事中的驴子心高气傲，不懂得在适当场合做合适的事，结果不仅自己倒霉了，还连累了同伴。这个故事告诉我们，做人要有分寸，在不同的场合，就要说不同的话，做不同的事，不能我行我素而不管不顾外在环境。在生活中，我们做人做事都要考虑周全，言行举止都要恰当，否则只会给自己和他人带来麻烦。

豺和生疥癣的骆驼

很久以前，有一只骆驼长了疥癣。它感觉好痒，痒得它到处拼命地又擦又磨，就连皮毛下面血红色的嫩肉都可以看见了。总之，什么办法都试过了，可就是治不好。

最后，主人只好忍痛放逐了这头长疥癣的骆驼，任其在荒野里游荡。

骆驼无比凄惨地走在荒凉的草原上，正好被一只豺给看到了。当时，这只豺正在老鼠洞口埋伏，等着老鼠上钩。

看见骆驼后，它不禁想："咦，这只骆驼这么大，要是能把它弄到手的话，那老鼠对我来说还算得了什么？"于是，它赶紧一跃而起，悄悄跟在骆驼后面观察它。

豺的妻子劝豺说：“注意别让确定能万无一失到手的猎物溜走了！你不应该忽视这些小体积的猎物。因为，等你一去追逐体积庞大的猎物，这些小东西就能趁机逃跑啦。”

豺很不屑地回答道：“算了吧，只有那些胸无大志的人才会满足于捕捉那些微不足道的小东西。像我这种生来就拥有远大理想的豺，怎么可能放弃追捕这样的美味佳肴，而浪费时间在捉一只小小的老鼠身上呢。那样太不值得啦！”话音刚落，它立即出发去监视骆驼。

豺十分有耐心，他默默地跟踪骆驼已经有三四天了，可骆驼却并没有累垮，反倒是豺自己瘦了不少。

最后，它只好饥肠辘辘地回家了。

“瞧瞧你自己那个衰样吧！”豺的妻子愤愤地说，“我想知道你的崇高理想到底是个什么东西！当初你不管不顾，不满足于就要到手的猎物，结果白白跑去走了那么多路，吃了那么多苦，太不值得啦。”

智慧果

豺为了能吃到骆驼，放弃了唾手可得的老鼠，付出了很多辛劳却无功而返，归根究底在于它太过贪婪，没有选择合适的目标。这个故事告诉我们，无论做什么事情都不能好高骛远，一定要踏踏实实地做事；一定要根据自己的能力，选择合适的目标，若是定了一个不切实际的目标，结果只会是两手空空。

两个隐士

从前，在渺无人烟的深山之中隐居着两位十分虔诚且友爱的隐士，他们日日在一起谈天论地，思索人生，关系十分融洽，是亲密无间的朋友。

两位隐士平日里生活在一起，所以共同使用一个陶钵，这也是他们仅有的财产了。尽管平日里他们对它爱护有加，但也只是作为身外物看待。

有一天，邪恶的精灵藏进了年长隐士的心中，于是，年长隐士有了私心，他对年轻隐士说：“我们在一起住得够久了，也该各自去寻觅各自的生活了，所以，现在已经到了说再见的时候了，让我们平分财产吧。”

年轻的隐士忧伤地说：“兄长，你真的要和我分开吗？你的这个决定实在太令我难过了。不过，既然你决心已定，那我们也只能分道扬镳了。”说着，年轻的隐士拿出那个陶钵，递到年长隐士的手里说：“我想我们无法把它平分，兄长，你拿去好了。”

听完后，年长隐士说：“我才不接受你的施舍呢，除了我应得的那份，我坚决不拿任何东西。所以，这个陶钵必须平分。”

年轻隐士无奈地说：“如果我们把这钵分成两半的话，那它有什么用处呢？还不如不分，给一个人呢。要不我们通过抓阄儿的方式来决定陶钵到底归谁吧？”

但年长隐士却又提出了异议：“我不同意，我一定要绝对公平地拿到我的财产，我才不会愚蠢到让公道及我的财产由那些没指望的允诺来决定。这个陶钵必须平分。”

年轻隐士不知道要用什么办法来说服他了，只好说：“好吧，如果这真的是你想要的，即使打碎陶钵也在所不惜的话，那就按你说的，打碎它再把它分了吧！”

突然，年长隐士脸色大变，一脸晦气地破口大骂道：“哼，你这个懦夫，你难道连争斗都不敢吗？”

智慧果

故事中年长的隐士被邪恶精灵驱使，变得冷酷无情，几次三番地为难年轻的隐士，提出无礼的要求，年轻隐士本着解决问题的良好态度与年长的隐士协商，最终依然没有解决问题。这个故事告诉我们，生活中要明辨是非、讲道理，不能像故事中那位年长的隐士那样无理取闹，无事生非。当我们遇到年长隐士这类人时，要向年轻隐士学习，本着负责任的态度，积极地解决问题，但不能无条件、无底线地满足无理要求。

七个自我

一个夜深人静的深夜，我的七个化身正聚在一起小声地倾诉着心里话：

第一个自我说道：“我被关押在这疯人的体内已经好多年了，每天都无所事事。我真的再也无法忍受这种悲剧的命运了！”

接着是第二个自我说道：“你的命运已经比我强太多啦，兄弟！我是这个疯子的快乐自我，真是令人厌倦的存在啊。”

第三个自我登场道：“我无时无刻不被热情掌控，我已经无法忍受这种病态的热情了，真不知道我的命运会是怎样的？”

第四个自我接着说：“你们这些都算不了什么，我才是最最不幸的，我是这疯人喜欢无事生非的自我，我想我太应该对这疯人提出抗议了。”

还没说完，第五个自我抢白道：“不不不！应该是我才对，无时无刻不在思考的我，注定要一生四海为家，到处流浪，永远不得安息。我可比你们更应该反抗这种永无止境的命运。”

第六个自我自嘲说：“那我呢，整天辛苦忙碌，就是一个苦力呀。是我，终生孤独的我是最应该逃离这个疯人的。”

第七个自我惊奇地说道：“哎呀呀，你们一个个竟然都宣称要叛逃离开这个疯人，真是太奇怪了。可是，你们之中不管哪一位都有与生俱来的职责。哎！其实我多么渴求能像你们那样，有着几乎确定的命运啊。可是我却什么都没有，对，我就是那个无所事事的自我。每天当你们赶着经营你们的生活时，我却每时每地都在与空虚做伴，终无所依。你们说说，到底是你们还是我，最该去叛离他呢？”

听完第七个自我这一番深刻的自白，前六个自我都同情地看着他，但最终也不知道说什么好了。在这漆黑的夜里，他们收获了前所未有的满足与幸福，沉沉地进入了梦乡。

只有那第七个自我仍然无法解脱，只是呆呆地凝望着那广袤天空后所隐藏着的无尽的空虚。

智慧果

故事中前六个自我都自叙了自己的苦恼，都认为自己才是最不幸的那个，可是听完第七个自我的自述后，他们意识到，自己虽然辛苦，但起码是充实的，应该感到幸福。这个故事告诉我们，不要畏惧生活中的苦辣酸甜，只有经历了这些，我们的人生才会充实和丰满。故事里第七个自我因为无所事事而感到空虚，这提醒我们要珍惜现在的时光，多去经历和体会生活，这样才不枉生命的寄托。

神赐福的城市

据说有一个神圣的城市，在那里，每个人的生活都要严格遵循《圣经》的教义。于是，我决定去寻找那座城市。

没想到的是，大街上所有人居然都是独眼独手！震惊之余，我不禁自问道："难道这座圣城里的所有人都必须是独眼和独手才可以吗？"

看到我完好无缺的双手双眼，他们也感到异常惊讶。

我问他们："请问这真的是那座受主赐福的圣城吗？"

他们回答道："这就是那个城市。"

"为什么你们都没有右手右眼呢，是什么灾难降临到你们身上了吗？"我好奇地问道。

人们决定告诉我答案，他们说："请跟在我们后面！"

不一会儿，他们把我带到了一座位于城市中央的圣殿前。在圣殿里我看到了令人触目惊心的一幕：成堆的断手和眼珠摆在那里，已经干枯、萎缩成一团。

我震惊极了，叫了出来：“天哪！是谁这样忍心对你们下此毒手，太血腥了！”

一位老者走出来对我说道：“没有别人，这些都是我们自己动手做的。一切都是上帝的旨意，是他促使我们不断征服自身的罪恶，带领我们达到内心的圣洁。”

接着，老者把我领我到一座高高的神坛前面，人群则跟在我们后面。长者请我仔细观看神坛上刻着的文字。

我念道：“如果你的右眼害你失足，那就挖下右眼丢弃它，这会帮助你避免整个身体落入地狱。如果你的右手害你失足，那就砍下右手丢弃它，这会帮助你避免整个身体落入地狱。”

我终于明白是怎么回事了，转过身体对所有人大声高呼道：“天啊，难道你们全都没有右眼和右手吗，哪怕是一个人也好？”

他们异口同声地答道：“真的没有，没有人能保住双手双眼，除了小孩子们，他们太小了，还读不懂圣典，自然也不知道神的戒律。”

出了神殿后，我赶忙逃也似的离开了这座传说中被神赐福的城市。因为我知道，我不是小孩子，而且也读得懂圣典……

智慧果

故事中所谓“圣城”里的人们因为“圣典”的指示废掉了右眼和右手，导致整座城市没有一个健全人，这种做法是十分愚昧的。这故事告诉我们，无论是别人的经验还是神灵的指示，都不可生搬硬套，应该有判断和明辨是非的能力。生活中，对事物要有自己的理解和判断，不能盲从，要经过检验和思考，否则就有可能会做出无谓的牺牲。

受骗的骗子

很久以前，有个商人要去外地办事。他觉得把钱带在身上不安全，于是就在一所房子附近挖了个洞，把钱藏在洞里。

商人觉得这所房子的主人忠厚老实，应该不会打自己钱的主意。可是，有位老人正好看到他挖洞藏钱的过程，等他走后，老人便偷偷跑过去把钱全都偷走了。

没过几天，商人办完事，发现钱已不见了踪影，这时他想起了那个老人，他来到老人居住的房子，故意说道："我有件棘手的事情想请教您一下。"

老人答道："您请讲！"

商人说："我有两个钱袋：一个装有六百枚金币，另一个装有一千里亚尔。在这个陌生的地方，我根本无法找到一个值得信赖的人帮我保管这笔钱财。为了安全，最后我找了一个隐秘的地方，把装着六百枚金币的钱袋埋在了洞里。可是，我现在却不知道该不该把另外一个钱袋也藏到那里。”

老人听了回答道：“我觉得你还是把钱藏到第一次藏金币的地方比较好！”

商人连忙表达感谢：“谢谢您的建议，您放心，我一定按您说的去做。”

商人告辞后，老人偷偷地嘀咕道：“如果这个人又把钱袋放到老地方，一旦他发现原来放的那袋金币不见了，他肯定不会再把另外一个钱袋藏在那里了。看来我必须尽快把原先的那个钱袋放回去，这样他才不会起疑心。这个傻瓜保准会把第二个钱袋也埋在那里，我再趁他不注意把两个钱袋都拿走。”

想到这里，他赶紧把之前偷来的那个钱袋放回原处埋起来。

与此同时，那边的商人也在这样考虑着：“万一真的是这个老头偷了我的钱袋，那么，他为了得到第二个钱袋，一定会把偷走的钱袋送回原地掩埋，我还是去检查一下吧。”

于是，商人来到之前埋钱袋的地点，挖开泥土一看，钱袋真的失而复得了。他兴奋地喊道：“老骗子啊老骗子，你可算把我将丢失的东西又送还给我了！”

智慧果

老人本想骗商人把钱埋在原来地点，从而一举偷到所有的钱，但结果却是商人利用老人的贪婪，将被偷的金币统统拿了回来。这个故事告诉我们，君子爱财取之有道，不要觊觎别人的钱财。看了故事中商人的表现后，我们能从中学习到，当我们被人欺骗遭受损失时，不能慌乱，要冷静分析情况，运用智慧来解决问题。

狐狸和葡萄园

从前，有一只狐狸，它在寻找食物时，发现了一座很大的葡萄园。园子里满是让人垂涎欲滴的葡萄，十分诱人。

可是整个葡萄园都被很高的篱笆墙包围着，根本爬不进去。狐狸没有泄气，而是围着葡萄园转了好几圈，最后它发现，有一处篱笆底下居然有个洞。它试着从洞里钻进去，试了好多次，都因为洞口实在大小了无法进去。狐狸那个焦急啊，好几次使出吃奶的力气拼命往里面挤，连毛都蹭掉不少，结果还是钻不进去！

狐狸下定决心减肥，它自言自语道："哼，等着吧，只要我再变得瘦一点，肯定能钻进去的。"

接下来的三天里，狐狸开始绝食减肥。就这样饿了三天后，它真的变瘦了很多，四肢都细了好大一圈，似乎都能看见骨头。减肥后，它自信满满地来到葡萄园，又试着从洞口往里挤，这次总算力气没有白费，它顺利地进入了葡萄园。

一进去，狐狸就开始大吃特吃，心里想着一定要好好补偿补偿自己之前挨饿的痛苦。就这样，它天天在葡萄园里敞开肚皮享受美食，日子过得非常滋润。

眼看着葡萄收获的季节就要到了，狐狸很担心到时候会被葡萄园的园丁看到。于是，它走到洞口想爬出去，可是直接给卡在洞口了。原来，这些天来它天天吃个不停，身体又变胖了很多，不管它怎么用力也钻不出去。

于是，狐狸只好默默地缩回脑袋，下定决心重新开始绝食减肥。它饿呀饿呀，终于饿到像刚进洞时那样瘦了，这才顺利地钻出了葡萄园。

出来后，狐狸伤心地朝葡萄园望了望，长叹一口气后说：“别了，葡萄园，不会再见面了！尽管你拥有那么多甜美的果实，但那又对我有何好处呢？看看我自己，虽然吃了这么多，结果还是和进去的时候一样瘦，太不划算了。”

说完这些话之后，饿得只剩皮包骨的狐狸，伤心不已，转身走了。

智慧果

狐狸为了吃美味的葡萄，受了许多苦才进了葡萄园，虽然最后满足了它的心愿，但是却不得不饿着肚子出来了，令人哭笑不得。这个故事告诉我们，我们在做任何事前都要充分考虑后果，不能被欲望冲昏了头脑，做出一些不理智的事情。故事里的狐狸正是被自己的欲望控制，没有考虑到应有的后果，才导致了最后一无所获的结局。在面对诱惑时，我们要保持理智，认真地分析事情的因果关系，作出正确的选择，才不至于悔恨收场。

露丝夫人

在很久以前，有三个旅人结伴旅行。

有一天，他们看见远处有一座漂亮高贵的白色房子单独耸立在翠绿优美的山丘上。他们三人久久地看着那座房子，全都惊叹不已。

这时候，其中的一个旅人兴奋地介绍道："我知道这间房子的主人是谁，那是露丝夫人，我听人讲过她的故事，她是一个女巫，拥有非常高明的巫术。"

第二个旅人一听，马上反驳道："你说错了，你说的并不是真相，露丝夫人是一位长相十分妩媚的女人，她住在这座房子里，过着梦幻般的生活。她根本就不是什么女巫！"

第三个听完马上说道："哎呀，你们俩说得都不对。露丝夫人是一位大地主，她就是这片广袤土地的女主人。虽然她十分美丽，但是她毫无仁慈之心，专门剥削农奴，让许多人为她辛劳工作。她是一个心地很坏的女人！”

刚才说话的第一个旅人这时候激烈地反驳道：“不对不对，露丝夫人明明就是一个女巫，绝对不会错的！”

第二个旅人也大声反驳：“你们说的都不对，露丝夫人是一个长得很漂亮的女人，并且她的心地也很好，常常还会帮助穷人呢！”

关于露丝夫人，三个人的说法都不一样，意见很难统一，一路上三个人都争执不断。谁也说服不了谁，他们都认为自己说的才是事实。

在一个十字路口，他们遇到一位老人家，于是，其中一个人上前问道：“老人家，您了解露丝夫人的情况吗？她就住在山上的白房子里。”

老人家微微一笑，似乎心领神会地说道：“我今年九十岁了，从孩提时代就知道有个叫露丝夫人的人，但是，她早在八十年前就已经去世了，如今这房子以及周围已经荒无人烟了。有时候，会有不知名的鸟儿在里面啼叫，有人还称屋里闹鬼呢。”

智慧果

三个旅人对露丝夫人的传闻，存在着巨大的差别，各执己见，难辨真假，到了最后才发现其实三个旅人都说得不对。这个故事告诉我们，在生活中，有许多传言，我们不能轻信道听途说，人云亦云，也不要在没有完全了解事件的真相时，就妄加评论。故事里的三个旅人对露丝夫人的认识都与真相相去千里，这对于了解真相毫无帮助，只会增添更大的疑团。我们对事物的认识和看法，一定要来源于实际情况，不可信口雌黄，随便发表不负责任的言论。

远年陈酒

古时候，有个富翁非常珍惜自己酒窖里珍藏的陈年葡萄酒，并为之感到非常自豪。在酒窖的许多坛酒中，有一坛最为珍贵的陈年葡萄酒，只有富翁自己知道藏在哪里。

他规定，只有在非常重要的场合才能喝这坛酒。

第一次，州府总督来到富翁家拜访，有人提出要开那坛酒，富翁提醒自己："不行，这么珍贵的酒怎么能仅仅为了一个总督就开封呢，还是下次再开吧。"

第二次，当地的主教来拜访他，他考虑一番后还是提醒自己："不不不，还是等等吧，现在还不能打开那坛酒。主教这种人怎么会懂得这坛酒的价值呢，他肯定只会觉得很香罢了。"

第三次，王子来到他们家与他一起吃晚餐。大家都认为，他这下总可以开那坛酒了吧。但富翁自己却在心里想："算了吧，不过区区一个王子而已，要是喝这种酒那也显得太奢侈啦。”

他是如此在乎这坛酒，以至于在他亲生儿子结婚当天，他也没妥协，只是对自己说道：“结婚嘛，用别的酒就好，接待这种客人，可不能开这坛酒。他们是喝不出好坏的。”

他只是想，再等等，再等等吧。

于是，一年又一年过去，终于有一天，富翁去世了。这样一个老人的死去，就好像一粒橡树的种子落在地上又被埋进了地里，不知所归。

富翁下葬的那天，他们家大宴宾客，仆人们从酒窖里搬了很多酒出来，其中就有那坛陈年老酒。同一个村里的农民“咕噜咕噜”灌着酒，所有酒都被他们喝光了，可是，没有谁知道那坛陈年老酒背后的久远历史和意义，因为唯一知道它的富翁已经去世了。而对于那些喝酒的人来说，它们都是一样的，甚至还有一些是被醉了酒的人们毫不吝啬地洒在了地上。

智慧果

故事里的富翁总想着找一个最有意义的盛大场合喝那坛珍藏多年的酒，可是当机会一次次出现时，富翁都觉得时机未到，白白地让时机从身边溜走，直到他死去的那一天，也没能喝上那坛珍贵无比的葡萄酒，最后，那坛陈年老酒明珠暗投被当成了普通的酒，被人随意地喝掉了。这个故事告诉我们，当机会来临时，要及时地把握住机会，不要优柔寡断，错失良机。此外，这个故事还告诉我们，要学会与人分享。再好的东西，只有与人分享，才能体现它真正的价值。故事里的富翁错过了很多开启陈年葡萄酒的机会，最后自己也没能享用一口，而陈年葡萄酒也没发挥它应有的价值。

山猫和狮子的故事

很久以前，森林里住着一只狮子，它找了一只猴子当管家。

一天，狮子准备出门办事，临行前它嘱咐猴子一定要好好看家，不要让其他小动物占了它的地盘。

狮子刚动身，一只山猫便路过这里。看到这个地方实在太美了，就想在这里安家。猴子赶忙来阻止，并告诉山猫，这里可是伟大狮子的地盘。

“哈哈，愚蠢的猴子！”山猫回答说，“这片森林自古以来就是我家的，你居然说这一切是狮子的，真可笑。你不过是借着狮子在这儿装威风罢了。告诉你，我就是传说中的狮子的天敌和克星，要是你想尝尝，我还可以给你块狮子肉哦。所以，你可以去把狮子叫回来和我决战，我保证打得它屁滚尿流跪地求饶不可。”

猴子被山猫的话吓到了，也不敢再做阻拦，山猫成功地在狮子的地盘住下了。山猫太太担忧地说：“我担心狮子回来后会收拾我们，所以最好还是见好就收，趁早离开这里吧！”

“不用，你也别害怕。”山猫先生轻松地答道，“我们不用担心狮子，就算它回来了，我也能靠智谋对付它，所以你不用担心啦！”

山猫太太又说：“你这样贬低它，它一定会报复我们的。靠小聪明怎么能战胜它呢？别聪明反被聪明误，结果反而丢掉了自己的性命。”

山猫又说道：“没关系，狮子纵然强大，但也不是没有弱点。只要有足够的智谋，就一定能战胜它。”

就在山猫夫妻俩聊得正起劲时，外面突然传来喧哗和吵闹声。它们从窗子往外一瞧，原来是狮子回来了！猴子管家赶忙向狮子报告了山猫对它的蔑视。

狮子说：“猴子，一只山猫不可能有这么大胆子，我怀疑它也是厉害的猛兽，我们还是小心点。”

猴子坚持道：“您是百兽之王，为什么还害怕山猫呢？我能百分百肯定它就是山猫。您一定要让山猫付出代价。”

狮王和猴子说话间已不知不觉走近了住宅，它们心惊胆战地东张西望，生怕被发现后打不过山猫，随时准备逃命。

与此同时，山猫太太对丈夫说：“喂，山猫先生，现在我们大难临头了，你打算怎么办？”

山猫回答道：“不要怕，我有办法。等狮子走近时，你想办法把孩子弄哭。我会问你孩子为什么哭，你就说：‘我们的孩子已经吃惯了狮子肉，虽然厨房里还有很多老虎肉，但孩子们吃不惯还是想吃狮子肉，因为觉得狮子肉更好吃。’就照我说的回答，别记错了！”

狮子刚来到住宅附近，山猫太太便拧哭了小山猫。

山猫先生大声叫道：“怎么回事，怎么孩子哭得这样厉害？”

山猫太太把刚才山猫说的话照说了一遍。

只听山猫大声回应：“这群孩子太挑食了，厨房里堆着那么多老虎肉不吃，原来它们吃惯了美味的狮子肉，如今老虎肉都不对胃口了。”

山猫太太说：“孩子们吵着要吃新鲜的狮子肉，怎么办？”

山猫故意发火：“真不懂事，我不是跟你说过吗？听说狮子已经在回来的路上了，我让猴子骗它回到这里，等狮子回来了，孩子们就有狮子肉吃啦！”

狮子听完，暴跳如雷：“好啊，你这卑鄙无耻的猴子！竟敢和别人串通好害我。幸亏我提前知道了你的诡计，我要叫你好好尝尝我的厉害，受死吧！”没等猴子为自己争辩一句，狮子就一把拎起猴子，用锋利的爪子将它撕成了碎块。然后，头也不回地离开了。

从此以后，山猫一家就这样幸福地住在了这里了。

智慧果

山猫凭着智慧吓走了狮子，猴子却被愤怒的狮子撕成了碎片。故事中的狮子暴躁、敏感、多疑、怯懦，在关键时刻被山猫利用最终失去了自己的地盘。猴子虽然忠心耿耿，但是缺乏谋略，最终死于狮子的爪下。这个故事告诉我们要保持自信，不能听到别人的话便吓破了胆，像狮子那样错误地估计了对方的实力，结果导致失败。

第五章　拉·封丹寓言

拉·封丹是法国著名的寓言作家，同时也是法国古代文学的代表作家。一般而言，寓言故事既要简短，同时也要故事情节完整，在这方面，拉·封丹显示出了他无与伦比的艺术才华。他对古代寓言进行了模仿，但这种模仿不是简单模仿，不管是内容还是形式，拉·封丹都进行了自己的创新。拉·封丹寓言主要取材于民间故事，它成功地塑造了贵族、教士、商人等经典形象，生动地反映了 17 世纪法国的社会生活。现在，让我们一起来体验拉·封丹的智慧吧！

猫和谨慎的老鼠

从前，有一只猫十分厉害，所有的老鼠都很害怕它。老鼠的害怕让猫觉得很得意，它发誓一定要消灭世界上所有的老鼠，以显示自己的威武。

一天，猫又出现了，老鼠们吓得根本不敢出来觅食。为了吸引老鼠出来，猫把自己倒吊在房梁上，假装已经死掉。看到吊在房梁上的猫，老鼠们觉得猫可怜极了，以为猫是因为闯了祸而被吊死的。

于是，老鼠们放心了，它们准备从洞里走出来，庆贺这只猫的死亡。为了保险，最开始这些老鼠只是试探性地伸出它们的鼻子，慢慢地露出自己的小脑袋，然后再把头缩回洞里去。看到猫没有任何反应，老鼠们的胆子越来越大，它们渐渐地试探着从洞里走出来几步，然后伸伸懒腰，开始四处找东西吃。

正在这时，吊在房梁上的猫“死而复生”了，它轻轻地落到地上，很快按住了几只动作迟缓的老鼠。猫嘴里塞满了老鼠，它自言自语地说道：“哈哈，我是一只聪明的猫，我的计谋可多了。告诉你们，这可是我的传家宝，不管你们多谨慎都是没有用的，反正你们最终都会成为我的腹中之物的。”

第二天，猫又出来了。果不其然，那些逃跑的老鼠这次再次上了猫的当。猫把自己的全身都涂上面粉，连脸上都涂上了。把自己打扮好之后，猫缩成一团把自己藏在一个面包箱内，并把面包箱的盖子打开。猫把自己伪装得极好，就像是一个大面包。所以尽管老鼠们全都小心翼翼，但是它们还是撞到面包箱前送死来了。

其中，有一只曾经从猫的口中逃生的老鼠觉得很蹊跷，它开始怀疑这是不是猫的阴谋。这时候，它打量了一会儿化了妆的猫，便转身跑掉了，边跑还边自言自语道：“就算这团面包再好，我也是不能要的。我觉得这里面一定有什么名堂，肯定是猫给我们下的圈套，我还是不要上当受骗好了。不管这只猫装成什么，不要说是面包，就算是装成奶酪，我也一定不会接近它的。”

智慧果

故事中的猫诡计多端，多次骗了老鼠，许多老鼠都被这只猫吃掉了。最终，有一只猫口脱险的老鼠觉醒了，意识到了猫的阴谋，不再轻易相信猫的伎俩。这则故事告诉我们，吃一堑，长一智的道理，警醒我们无论做什么事，都要谨慎小心，要吸取失败中的教训，并认真总结，这样才能够让我们规避危险。

园主与官员

从前，有一个园艺师，他把自己的花园打理得非常好看。可是，一只野兔扰乱了园艺师原本平静而幸福的生活。

于是，园艺师向镇上的官员报告，他告诉这位官员："最近不知道有什么东西一直在破坏我的花园，它没日没夜地糟蹋我的植物，可我总是捉不到它，我觉得这个东西一定会神奇的妖法。"

听了园艺师的告状，官员十分感兴趣，他问园艺师："你说它有妖法？那我还真想去领教领教了。"

官员接着又说："不过放心吧，我保证帮你抓到那个该死的破坏者。"

"那您什么时候过来？"园艺师急切地问道。

官员拍拍胸脯："我明天就去你那里！"

第二天，官员带着一队人马来到了园艺师家里。

官员告诉园艺师："你家里有什么好吃的吗？我们要吃饭。"

园艺师还没来得及回答，官员就看到了园艺师的女儿，官员招呼道："姑娘，快过来让老爷瞧瞧！"紧接着，他又问园艺师："给她找好姑爷了吗？"一边说着，官员一边招呼着姑娘坐下来，开始和姑娘套起近乎来。官员拿起姑娘的手，托着她的胳膊，然后撩起姑娘的头巾，不停地打量姑娘。

然后，官员告诉园艺师："你们家姑娘可真是个美人呀。"

园艺师看出了官员轻浮的嘴脸，但是为了抓到破坏者，只好什么也没说。

没过多久，饭菜准备好了，园艺师让官员慢慢享用。官员十分高兴，带着他的手下，放开肚皮大吃了一顿。官员肆无忌惮地让园艺师为自己服务，甚至还对园艺师的女儿动起手脚来。吃完之后，这一群人把园艺师家里闹得沸沸扬扬。到最后，可怜的花园被这些人踩得不像样子。之前那只破坏花园的野兔藏在一个地洞里，官员的手下四处追赶，可还是让野兔给跑走了。

园艺师感叹道："哎，这位大人的本事真是让人折服啊！他们在这里一个小时给我造成的损失，可比那只野兔这么多年造成的损失大多了！"

智慧果

园艺师为了抓到花园的破坏者，向当地官员求助。但是，这名昏庸的官员却凭借自己的权势胡作非为，给园艺师带来了更大的损失。这个故事告诉我们，在生活中，当我们遇到困难时，要尽量依靠自己的力量解决问题，而不要遇到问题就想要寻求帮助。让别人插手自己的事情，很可能会让事情变得更糟。

狼、马和狐狸

从前，有一只老奸巨猾的狐狸。一天，它生平第一次看到了一匹马。

这时候，一只狼正好出现，狐狸赶紧走近狼，然后对它说：“你快去看看吧，那里有一只好奇怪的动物呢，它还在草地上吃着我们的草！你看看它那高高的个子，长得是如此英俊潇洒。”

狼半信半疑，笑着问道：“难道有比我们狼还健壮的动物？快点给我讲讲它到底长什么模样！”

狐狸想了想，然后说：“眼见为实，你还是跟我一起来吧，也许这动物就注定是属于我们的猎物呢！”于是，狐狸带着狼，一起朝草地上跑去。

对于突然到来的两位不速之客，这匹马可没什么兴趣，它继续在草地上吃着草，吃了一会儿就准备拔腿就走。

这时候，狐狸赶忙走上前，恭恭敬敬地对马说：“高贵的老爷，我很想知道大家是如何称呼您的，我愿意做您卑贱的仆人。”

这匹马可不是等闲之辈，它骄傲地回答说：“先生们，你们看，我的鞋匠把我的名字打在了我的掌子上。”

见此状，狐狸赶紧说：“哎，老爷，是我自己文化低，我父母没有让我受到一丁点儿的教育。我可是穷得叮当响啊，我所有的家当就只有这一口土窑而已。但是老爷，这位狼先生的父母是我们这里的知名人士，狼先生也因此受到了很好的教育。”

狐狸恭维的话，让狼有些得意，它马上走上前去，想亲自看看那马掌上的名字。

狼刚刚靠近马，马就将蹄子高高扬起，然后往狼的下巴上狠狠地踢了一脚。

这只狼哀嚎一声，鲜血直流，受了很重的伤，而且它还因此失去了四颗牙齿。

这时，狐狸假装惋惜地对狼说：“哎呀，兄弟，我这是让你长长见识。这件事让我想起以前有个聪明人告诉我的一句话，他说过不要随便相信陌生人那才算是聪明人！”

智慧果

狼和狐狸都是第一次看到马，对于马的习性一点都不了解，于是它们都想要试探这匹马。最后，在狐狸的哄骗下，狼在虚荣心的驱使下，靠近了马，结果身受重伤。这个故事告诉我们的道理，正是狐狸最后说的那句话，不要随便相信陌生人那才算是聪明人！在生活中，我们会遇到很多陌生人，我们对他们知之甚少，无法判断这些人是好人还是坏人，所以，对于陌生人，我们要有一定的警惕性，以防止自己受到伤害。

大象和朱庇特的猴子

从前，有一头大象和一头犀牛，它们互相争夺，都想统治帝国，以便成为当地的盟主。为了决一胜负，它们约好一起去决斗场，用这种方式了结双方的争斗。之后，它们约定好了决斗的时间。

这时候，有人告诉大象和犀牛："神王朱庇特有一只猴子，它曾经手执神杖出现在天空。那只猴子名叫基耶，在历史上有许多关于这只猴子的记载。"听到这些，大象有些沾沾自喜，它认为这猴子是朱庇特派来的大使，是来觐见它这位一国之君的。大象的幻想让它越来越觉得光荣和骄傲。

第二天，猴子来了，它拿着国书，走近大象，向大象致敬。大象礼貌地回复了猴子的问候，可是这只猴子却只字未提大象与犀牛之间将要发生的决斗。

为了避免尴尬，大象只好自己先开口说话，它故作亲热地对猴子说：“朱庇特是我的好朋友呀，它拥有那么崇高的地位！我相信它不久就能看到一场，精彩惨烈的战斗，到那时候，有一出好戏将会在整个朝廷上演。”

猴子一脸严肃地问大象：“你说的是什么战斗？”

大象吃惊地问道：“难道你不知道吗？我要和犀牛争夺权位，决定用一场决斗来决定胜负，现在我已经向犀牛宣战了。这场决斗在我们这里很有名呢，我还以为你都知道我们的事了！”

猴子马上解释说：“是的，我很乐意知道发生在你们这里的事情。不过，我们天国太广阔了，我还真没听说过你们的事。”

听了猴子的话，大象觉得既羞愧又惊奇，于是，它问猴子：“基耶大人，那么请问你到我们这里来究竟是要做什么呢？”

猴子告诉大象：“有几只蚂蚁为了分一棵草闹矛盾了，我来这里是帮它们解决纷争的。在天国，我们对一切事情都很关心，不论大小我们都会关注的。在我们神的眼里，大小人物没有什么差别，它们都是平等的！你提到的决斗，我们那里还没涉及呢！”

智慧果

大象觉得自己很强大，理所当然地要受到特别的对待。但在朱庇特的猴子看来，众生一律平等。这则故事告诉我们，在这个世界上，我们每个人都是平等的，我们不应该因为自己强大而轻视别人，也不应该因为自己的弱小而瞧不起自己，应该用一种平等的眼光来看待身边的人和事。

褡裢

有一天，神王朱庇特心情大好，于是他告诉所有动物：“所有动物听命！告诉大家一个好消息，我打算给大家一个重塑自己的机会。如果你们谁对自己相貌或者体形有任何意见，可以今天提出来，之后我会想办法给大家修正的。”

朱庇特刚一说完，下面的动物们便开始议论纷纷。

这时候，朱庇特先叫来了猴子，然后对它说：“猴子，你先过来，你给我说说，你满意你自己的形象吗？在你看来，什么动物是最完美的？”

猴子回答道：“神王，我觉得我的四肢很完美，我对自己的相貌也没有太多挑剔的地方，反正我对自己十分地满意。要说谁最美，我倒还真不知道该怎么说，不过我觉得，相比较而言，我的熊老弟长得实在是太粗笨了，它要是听了我的话，恐怕这辈子它都不愿意再看见自己的模样了。”

说完，熊蹒跚地走了出来，所有动物都以为它会当场承认自己相貌的丑陋。可出乎意料的是，它却吹嘘起自己的外表来。而且，它还说：“要我说呀，大象的尾巴真的是太短了，但是它的耳朵却有这么大，所以整体看来，简直毫无美感可言。我觉得大象完全有必要重塑一下自己的形体。”

听了熊的话，老实的大象并没有生气。它恳切地回答道：“我觉得我的耳朵和尾巴的大小都挺合适的，并且客观地来说，我觉得鲸可比我胖多了，也肥多了！”

这时候，细小的蚂蚁又抢过话来：“这世上还有好多好多的微生物呢，它们是那么的小，和它们比起来，我可就是一个巨人了！”

动物们互相指责着，都说别的动物是多么丑陋，多么不如自己，却没有一种动物承认自己的不是。

这不仅让人感叹：我们看人时眼尖如此猞猁，看自己时盲目如鼹鼠；对自己一切原谅，对别人毫不宽恕，看人看己用两副眼睛。造物主造了我们——个个都肩负褡裢，前人如此，今人也一样，背后的口袋里装着自己的缺点，而装着别人缺点的口袋永远挂在前边。

看到这一幕，神王朱庇特只好挥了挥手，让它们全都退了下去。

智慧果

这些动物之间互相攀比，互相指责对方的缺点，却没有看到自己的缺点。在生活中，这正是我们许多人的表现，不管别人表现得多好，我们总能在鸡蛋里挑出骨头；不管自己有多少缺点，我们总觉得自己完美无缺。这个故事告诉我们，我们不能太过放纵自己，而对别人太过苛刻。必须要“严于律己，宽以待人”，只有这样，我们才能进步。

老鼠的勾结

从前有一只十分害怕猫的小老鼠，可是偏偏有一只猫一直想要抓它，小老鼠只好向邻居求助。它的邻居是一只喜欢吹牛的老鼠，老是说自己什么猫都不怕。

这只吹牛的老鼠告诉它：“我一个人的力量是很单薄的，不管我有多大能耐，我都很难赶走这只猫。但是我有一个很好的主意，我们可以把这附近所有的老鼠都召集到一起，这样我们的力量就很强大了，到时候就可以随意地摆布那只猫了。”

听完吹牛老鼠的话，小老鼠深深地吸了一口气，连声向它道谢。

于是，这只喜欢吹牛的老鼠赶忙到储藏室。这里是老鼠的聚集地，老鼠们经常在这里聚餐。这只吹牛的老鼠跑到这里时，已经满头大汗了，它喘着粗气，一副十分焦急的样子。

一只老鼠看到了它，关切地问道：“你这是怎么啦？快给我们讲讲到底发生了什么事吧！”

老鼠回答道：“我这次来为了救我们的同胞，它老是被一只猫威胁。如果那只猫把小老鼠吃完之后，再把矛头指向我们怎么办？”

听完这话，其他老鼠一致同意：“是的，我们应该团结起来，一起去对付那只猫！”

于是，每一只老鼠都拿好自己的武器，准备好了奶酪等食物，向猫进发。每只老鼠的心情都十分愉快，个个看起来神采飞扬，就像鼠群一起去赶集或是参加庙会似的。但是，猫比老鼠们更聪明，它决定先下手为强，死死地咬住了那只可怜的小老鼠的头。为了拯救小老鼠，吹牛老鼠大步向前走。

可是，这只猫仍然紧紧地咬着小老鼠，并朝着向它走来的老鼠连连怒吼。

猫的咆哮声让其他老鼠听得胆战心惊，它们不禁担心起来，害怕自己遭遇到什么不幸。于是，其他老鼠都早早地撤走了，再也不敢想着去救那只可怜的小老鼠了。

智慧果

老鼠们打算团结起来，一起对抗那只凶狠的猫，并拯救自己的同胞。可是，在猫的威慑下，这些老鼠都丧失了勇气，只好躲回洞里继续当胆小鬼。这个故事告诉我们，不管做什么事，我们都应该坚定自己的信念，不要被困难和挫折吓倒。只有这样，我们才能战胜困难，取得成功。否则，我们永远都只是一个胆小鬼。

教育神童

神王朱庇特有一个儿子，由于他出身名门，所以他也有着神的心灵。他遗传了父亲的聪明才智，他比普通的孩子要聪明许多。在面对陌生人时，他学着父亲一样待人接物，给客人一种宾至如归的感觉，就好像他曾是他们的熟人一般。神童的一切言谈举止都是那么得体，众神都很喜欢他。

但在朱庇特看来，神童还是需要再加教育，应以教育为本，这样他才能变得更加优秀。

一天，朱庇特特地召来众神，对他们说道："到目前为止，我一直独当一面，没有人能帮我打理宇宙事物，帮我驾驭宇宙。所以，现在我想分给我的儿子一些工作，一方面让他分担下我的任务，另一方面也让他多学一点东西，使他的学识和他的地位相称。呵，我可是很关心我这可爱的孩子啊，他是我的骨肉呀，我要让他尽快地知晓一切。我相信，他是有这个能力的，现在，各地已为他筑起了祈祷的祭台，以后也请诸位多多关照一下他。"

朱庇特的话音刚一落下，众神便开始一致鼓掌，表示十分赞同朱庇特的想法。

这时候，战神站出来对朱庇特说："我愿意亲自教给他如何作战，很多英雄都是通过打仗为帝国开拓了疆域，从而使神坛为之增光的。我相信他很快也会成为我们心中的英雄的。"

紧接着，博学的阿波罗站了出来："我可以教他如何作诗。"

这时候，轮到维纳斯说话了，她说她要教给这孩子一切的东西。教会他如何克制自己的情欲，如何战胜自己的邪恶。维纳斯说："当聪明才智和渴求知识的愿望相结合时，那么在这个世界上，就没有我们学不会的东西了。"

智慧果

不同的神都教了朱庇特的儿子许多神奇的技能，但只有维纳斯教会了他所有。正如维纳斯说的那样，当聪明才智和渴求知识的愿望结合在一起时，那么在这个世界上，就没有我们学不会的东西了。所以在我们学习的过程中，我们应该把自己的才能和对知识的渴求结合起来，这样才能更好地掌握一门知识。

财宝与两人的处世经

很久以前，有一个人断了财路，他的钱袋里面仿佛住了一个魔鬼，让他变得一贫如洗。这个人每天过得很凄惨，思来想去，他最后决定悬梁自尽，来了却自己的痛苦。因为如果他不自杀的话，他就会被饿死。对于一个不想死的人而言，饿死的滋味更难受。所以，这个人打定了主意要自杀。

他带了一根绳子，来到一间僻静且破旧不堪的房子中，但他一看，却并没有可供挂绳子的房梁，他只能在墙的高处钉一个钉子，然后再把随身携带的绳子挂到钉子上。让他没想到的是，这墙很脆弱，已经到了不堪一击的地步，这个人才刚钉了几下，墙就坍塌了。可是，更出乎他意料的是，很多金子从墙里掉了出来。对这个穷得响叮当的人而言，这可真是喜从天降。这个绝望的人马上拾起这些金子，高高兴兴地把金子带回了家，但是他却把绳子留在了那个破房子里。穷人已经顾不上数钱了，因为一点点钱都可以救他的命，更何况还这么多。

这个幸运的家伙刚离开破屋不久，藏金子的人就来到了这里，他一看到满屋子的狼藉，顿时慌了神，他拼命地扒着碎砖烂块，幻想他的黄金没有丢失。但是，很快他的幻想便破灭了。他的黄金一块都没有留下来。

他瘫倒在地上，完全绝望了，嘴里喃喃自语地说："哎呀，这可怎么得了哟！我虽然活着，可这么一大笔钱没了，那我活着还有什么意义！要是我现在手上有根绳子，我就把我吊死在这里算了！"刚说完，这个人就看到了那根穷人留下的绳子。气极之下，藏金者便把脖子伸进绳套里，在这间破房子里自尽了。

对这个倒霉的人而言，唯一能安慰自己的事便是早已有人为他准备好了绳索。而幸运的人却大不一样，早已有人为他准备好了钱财，他可以迅速扭转自己凄惨的命运。

智慧果

在我们的生活中，每时每刻都会发生出乎意料的事，穷人因为拾得了金子而放弃自杀，藏金者因为丢失了金子而选择自杀，他们两人的命运就这样交错着。有时候，命运女神捉弄着我们，她用离奇的巧合来折磨世人。但无论命运女神怎么对待我们，我们都应该乐观地面对人生，不能因为贫困潦倒或者其他任何原因而自暴自弃，甚至放弃自己的生命。

青蛙和老鼠

很久以前，有一只肥硕的老鼠，它整日饱食各种食物，日子过得很滋润。可是，它从来都不知道忌口。一天，它正在水塘旁边玩耍，这时候，一只青蛙蹦过来，对它说："老鼠先生，请到我家去玩吧，我请您吃一顿大餐。"

接到青蛙的邀请，老鼠非常愉快地答应了。于是，青蛙开始口若悬河地讲述自己游泳的快乐，讲述自己在旅途中遇到的趣事，以及沼泽地里发生的奇闻轶事。青蛙给老鼠讲了好多好多，各种各样的故事，这让老鼠煞是羡慕。这也正好符合青蛙的愿望，它就是想在老鼠面前炫耀自己，炫耀沼泽地的风土人情和人文景观。

羡慕之余，老鼠突然意识到，自己根本就不会游泳，于是，它开始犯起愁来。老鼠觉得，自己必须得找人帮助自己学习游泳，不然就没法到青蛙那里做客了。

老鼠把自己的焦虑告诉了青蛙，青蛙赶紧替它想了个办法，然后告诉老鼠："我有一个好办法，你把你的爪子绑在你的后脚上，再用灯芯草将你捆在我的脚上，这样你很快就可以学会游泳了。"

老鼠同意了青蛙的建议，于是，在青蛙的帮助下，它跳进了沼泽地。刚一进去，青蛙就使劲地把老鼠往水里拽。青蛙早已打好了如意算盘，它想把这只肥老鼠捉来做午餐，这么丰盛美味的菜，一定可以大吃大嚼得很过瘾。想象着吃到美食的场景，青蛙情不自禁流下了口水。

老鼠意识到了青蛙的阴谋，只好默默地祈祷上苍，希望上苍可以保佑自己。看到害怕的老鼠，青蛙嘲笑起它的胆小来，然后继续拼命地把老鼠往水中拉。老鼠也奋力挣扎着。

这时候，天空中飞来一只老鹰，它正盘旋着寻觅食物。看到池塘里肥硕的老鼠，老鹰迅速俯冲下来，很快就把老鼠抓住了。由于灯芯草把老鼠和青蛙都捆住了，所以幸运的老鹰一下子抓到了两份猎物。看着老鼠和青蛙，老鹰心里甭提有多高兴了。

智慧果

青蛙想谋害老鼠，为自己寻得一份丰盛的午餐，但是最后，青蛙的谋划却便宜了老鹰，还把自己赔了进去。这个故事告诉我们，害人终害己。算计别人时，很可能会搬起石头砸自己的脚，害人不成反而害了自己。除此之外，从老鼠的角度来说，我们应该对别人的花言巧语保持警惕，害人之心不可有，防人之心却是必要的。所以，在与别人的交往中，我们应该真诚、善意地对待别人，不要去伤害别人，同时我们也应该对于别人的献殷勤保持警惕。

鞋匠与财主

从前，有一个快乐的补鞋匠，他是一个很容易满足的人，因此他的生活一直过得很怡然自得。

鞋匠有一个大财主邻居，虽然很富有，但他的生活却与鞋匠的相去甚远，财主每天过得很忧虑，他总是担心自己会出现这样那样的意外。财主常常睡得很晚，这时候鞋匠开始唱着欢快的歌起床了。刚睡下的财主常常因此被闹醒了。

看看快活的鞋匠，再看看自己，财主觉得很委屈，于是，他开始抱怨起老天爷来："为什么那个贫穷的鞋匠可以生活得那么开心，而我却要整天担心这担心那呢？"

一天，财主把鞋匠请到自己家里，然后问道："我想知道您一年能挣多少钱？”

听了财主的提问，鞋匠笑了起来，他用愉快的声调回答道：“你问我一年赚多少钱？我计算收入可不是用这种方式呢，我赚多少钱得看生意好不好。我是抱着过一天算一天的想法生活的，反正只要能混到年尾也就可以了。”

财主听得目瞪口呆：“那你一天能挣多少钱呢？”

鞋匠继续笑着回答：“我每天赚的钱也是时少时多。要是顺利的话，我的收入还是相当可观的。但是呢，一年中总有些日子我是要歇工的，人们一过节我可就惨了。他们欢乐地过着节，这时候我可愁了。”

看见鞋匠如此憨厚，财主就笑着对他说：“我现在给你一个机会，来，这一百枚金币送给你，好好收着，今后会派上用场的。”

看到这些钱，鞋匠仿佛两眼直放光。他回到家中，把钱藏在了地窖里。可是，不知不觉地，他把欢乐也埋藏了起来。自从拿到这笔钱之后，鞋匠再也不唱歌了，忧虑、怀疑和惊吓常来骚扰他，他整日吃不好睡不着。每到晚上，他就把眼睛瞪得大大的，只要有一点动静都会吓到他。

最后，鞋匠忍无可忍，只好跑到财主家里，告诉财主：“老爷，我把这一百枚金币还给你，请你把我的歌声和睡眠还给我吧！”

智慧果

并不富裕的鞋匠原本生活得很快乐，富有的财主却生活在焦虑之中。在得到财主赠送的金币之后，鞋匠得到了钱，却失去了快乐。这个故事告诉我们，金钱不是衡量一个人生活幸福的唯一标准，富裕的人不一定是幸福的，反而可能会烦恼。所以，我们应树立正确的价值观，做一个真正幸福、快乐的人。

自食其果的邻居

一天，一个波斯商人在外出前把五十公斤铁寄放在了邻居家里。

回家之后，商人便立即去邻居家讨要这些铁。商人问邻居："请问我的铁在哪儿呢？"

邻居不想把铁还给商人，于是撒谎道："哦，完了！我非常难过地告诉你，你的铁被老鼠给吃完了。就因为这样，我还把我手下的仆人都骂了一顿。其实我觉得这也不能全怪他们，毕竟铁是放在仓库里的，难免会有很多老鼠。"

听了邻居的话，商人被弄得哭笑不得，他明显听出了邻居是在撒谎。但是，他还是假装什么都没发生，假装自己相信了邻居的话。

过了几天，商人指使人绑架了邻居的儿子。然后，他邀请邻居到自己家里赴晚宴。

邻居表达了他的谢意，但还是拒绝了。他哭丧着脸对商人说：“我觉得十分荣幸。你的心意我领了，但是现在，我儿子不见了，我根本就没有胃口吃东西呀。哎，我就这么一个儿子，我是那么宠他爱他，我现在该怎么办呢？哎，我真是个苦命的人啊！”

商人故作镇静地对邻居说：“昨天傍晚，我看到一头猫头鹰把你的宝贝儿子给带走了，那猫头鹰好像是朝着那边那座旧房子飞去了。”

听了商人的话，邻居觉得很奇怪，他问商人：“不会吧？这怎么可能呢？一个孩子那么重，猫头鹰怎么可能把这么重的一个孩子带走呢？你要是说我儿子把那猫头鹰给捉住了，我还比较相信。”

商人继续说道：“你也许觉得很奇怪，我最开始也是这样想的。但是，我是亲眼看到的呀，我总要相信我自己的眼睛吧！再说了，在我们这里，五十公斤铁都能被老鼠吃光，猫头鹰劫走一个孩子也是很正常的事了，真的不用大惊小怪！”

邻居明白了商人的意思，知道商人识破了自己的谎言，于是赶忙把铁归还给了商人。

看到自己的铁一斤不少，商人便将孩子交还给了这个自食其果的邻居。

智慧果

不诚实的邻居想通过谎言私吞商人的铁，但是，商人通过自己的智慧，让邻居认识到了自己的错误，并让这位邻居把铁还给了商人。

这则故事告诉我们，对待他人，我们要诚实，不要为了一己私利而蒙骗他人。

陷入泥坑里的车夫

一天，一个车夫的车陷入了泥坑里。由于偏僻，行人很少，车夫觉得十分无助。他自言自语道：“哎，我的命怎么这么苦呢？这完全是命运之神刻意安排的，我都想发火了。哎，希望上帝可以保佑我！”

车夫越想越生气，于是他开始大骂起来。泥坑被骂了，马被骂了，车被骂了，连他自己，他都没有放过。无奈之下，车夫只好跪下来，请求举世无双的大力神来救他。

车夫跪在地上，真诚地恳求道：“赫拉克勒斯，请你帮帮我吧！你的力气如此之大，你都可以把天扛起来，那么您帮我把车从泥坑中推出来是一件很容易的事吧？举手之劳，就请你帮帮我吧！”

刚祈祷完，车夫就听到一个声音从云端传来：“神会努力帮助你的！但是在帮助你之前，我希望你先自己开动脑筋，想想办法。如果你实在想不出好办法，我会很快来帮助你的。车夫，你先看看你周围的环境，你的车为什么会困在泥坑里呢？这究竟是什么原因造成的呢？我建议你先拿起锄头，然后把每只车轮周围的泥浆和烂泥铲除，把那些碍事的石子什么的都砸碎，最后再把车辙填平就好了。”

车夫照着赫拉克勒斯所说的做。

过了一会儿，赫拉克勒斯问车夫：“喂，车夫，你干完了吗？”

车夫累得气喘吁吁，他回答道：“是的，我干完了。”

赫拉克勒斯满意地说道：“嗯，那很好！现在我来帮助你！请你拿起你的鞭子。”

一瞬间，车就走起来了，车夫十分惊奇地笑起来：“咿，我的车怎么走得这么轻松？这是怎么回事？赫拉克勒斯，你不愧是大力神，你真是太伟大了！”

这时，赫拉克勒斯语重心长地对车夫说：“你瞧，你的马很轻松地离开泥坑了吧！你要知道，不管遇到什么困难，你都要学会自己想办法解决问题，要勤于动脑筋，敢于思考。这样的话，你什么困难也不怕了，而且老天都会助你一把呢。”

智慧果

故事中车夫遇到了困难向神求助，大力神赫拉克勒斯并没有直接帮助车夫，而是引导车夫自己思考，并解决困难。这个故事告诉我们，在生活中不管遇到什么困难，我们在求助他人之前，都应该先尝试通过自己的力量来解决困难。只要我们善于思考，不畏艰难，就可以解决困难。就算我们自己的力量不够，但通过自己的努力，再结合他人的帮助，我们也能很好地解决这些困难。

恶婆和女仆

从前，有个十分恶毒的老太婆，她家里有两个仆人，她俩纺纱技术很好，可以说是当时的最高水平了。

为了纺更多的纱，老太婆费尽了心思，她想方设法给这两个女仆分配任务，让她们多干点活。每当两个女仆开始干活的时候，纺车就不停地运转，纺锤也被拉得紧紧的。

在恶毒老太婆的监督下，两个女仆不停地干着活，根本不可能偷懒，连休息都很少。

恶毒的老太婆家有一只公鸡，每当太阳升起的时候，这只公鸡就拉长了脖子，开始高歌起来。只要听到了公鸡的啼叫，这个恶毒的老太婆就会立即起床，穿上她那条满是污垢的裙子，端上油灯，来到两个女仆的床前，准备叫醒女仆。

这时候，这两个可怜的女仆睡得正香呢，由于劳累过度，她们根本没听见公鸡的叫声。恶毒的老太婆叫醒了两个女仆。看到凶狠的老太婆，她们只好睁开惺忪的双眼，不停地伸着懒腰，极不情愿地从床上爬起来。有时候，她们还会嘴里嘀咕着：“哎，你这只可恶的瘟鸡，真想一刀把你给砍死！”

时间久了，两个女仆找到了一个好机会，她们俩把这只公鸡逮住，然后杀掉了。从此以后，她们再也听不见这烦人的“闹钟”了。

可是，虽然这只鸡死了，她们的处境却没有得到丝毫的改变。恰恰相反，她们的处境更加恶劣了。恶毒的老太婆总是担心女仆们误了时间，于是，每当女仆刚躺下准备睡觉的时候，恶毒的老太婆就开始催她们，吵得她们整夜不得安宁，根本无法入睡。久而久之，在严重缺乏睡眠的情况下，两个女仆病倒了。

智慧果

女仆杀了公鸡，本以为可以从此摆脱烦恼，安安心心地睡觉了。可是，没想到的是，恶毒的老太婆反而变本加厉，她取代了公鸡的作用，吵得女仆根本无法入睡，让她们的命运更加悲惨。从恶婆和女仆的故事中，我们可以知道这样的道理，有时候，我们用极端的方式来摆脱某种恶劣的环境或者境况，往往不会起到作用，反而会使我们陷得更深，最后事与愿违。

达夫尼斯和安勒西玛杜尔

从前，有一位十分漂亮可爱的姑娘叫安勒西玛杜尔。许多人都十分钟情于这个姑娘，都希望可以认识她。可是，她是个孤僻的人，经常独自一个人行动。同时，她也是个十分傲慢的人，任性不已，从不尊重别人。尽管安勒西玛杜尔有很多缺点，但她实在太美丽了，许多人都对她又爱又恨，在她发怒时，谁也不知道应该怎么样讨她欢心。

在安勒西玛杜尔所在地，有一个高贵的牧场主名叫达夫尼斯。他十分英俊，他也被安勒西玛杜尔的美丽所吸引了。但这个无情的美人对他毫无兴趣，对他不理不睬。可是，越是这样，达夫尼斯对安勒西玛杜尔的爱意就越深，这使得达夫尼斯越陷越深，不能自拔，时常生活在痛苦之中。

在绝望之中，达夫尼斯来到了这位冷酷无情的姑娘的家门口。想象着心中美丽的人儿，达夫尼斯只能独自对着风儿，倾吐自己的不幸。

安勒西玛杜尔看到等在门口的达夫尼斯，可这个铁石心肠的姑娘还是不让他进门。而此时安勒西玛杜尔和她的朋友们正在庆祝自己的生日，安勒西玛杜尔用各种鲜花把自己装扮得美丽极了，比平时还美丽很多倍。

所以达夫尼斯从门缝一看到安勒西玛杜尔的容颜就更加控制不住自己的感情了，他对她的喜好简直要令他昏厥过去了。

但这时候的安勒西玛杜尔却下令把大门关闭了起来，让他看也看不到，尽早死了这条心。

达夫尼斯站在门外，完全绝望了，他冲着安勒西玛杜尔狠狠地大声喊道："安勒西玛杜尔，我知道我特别惹你讨厌，但是我对你的爱还是那么深。今天，我要死在你的面前，以求解脱，在死后我把我的财产都奉献给你。我托朋友用剩下的钱建造一座圣殿，在里面供奉你的雕像。我将在碑上镌刻这样一段铭文：'达夫尼斯为爱而死，为那冷酷无情的安勒西玛杜尔而亡，恳请各位路过的诸君，驻足为他洒下一把同情之泪。'"

达夫尼斯一边说着，一边已经感到巴赫克死亡女神正在朝自己逼近，他还想说下去，可这时候死亡女神已经扼住了他的生命之喉，不久，达夫尼斯便倒在了地上。

正在这时，这位无情的姑娘出现了，她毫无表情，因为她根本瞧不起这位美男子，自然没有为他留下一滴眼泪。

这天晚上，安勒西玛杜尔正和朋友们在爱神的神像旁跳着欢快的舞蹈，可是，突然间，神像突然倒塌了，把安勒西玛杜尔重重地压在了底下。原来，因为她无视爱神的威力，受到了爱神的惩罚。这时候，一个声音从云层中传来，爱神大神宣告道："从今以后，人们之间要相亲相爱。今后，无情的人将不再存在于这个世界。"

此时，达夫尼斯的亡灵已经来到了斯提克斯的地狱之河。突然，他看到安勒西玛杜尔的阴魂朝自己疾步而来，达夫尼斯觉得十分惊奇、十分震惊，他不禁微微颤抖起来。这时，安勒西玛杜尔的声音响彻整个地狱里，她看着达夫尼斯乞求道："达夫尼斯，请你原谅我之前的傲慢和无知。我不该将你的爱白白践踏，请你给我一次改过的机会！"

看到眼前的安勒西玛杜尔，达夫尼斯百感交集。犹豫一阵之后，他也硬起心肠，转身走了，对这位姑娘的倾诉根本不屑一顾！

智慧果

达夫尼斯倾慕安勒西玛杜尔，但这位姑娘却冷酷无情至极，对他几近残忍。最终，达夫尼斯忍无可忍，结束了自己的生命。这个故事告诉我们，我们应该要做一个感恩的人，对于别人的好要心存感激，不能冷眼无视。所以，在生活中，我们不能做一个无情的人。对于别人的好意，我们要给予积极的回应。否则，我们将会受到惩罚。

第六章　印度经典寓言故事

作为四大文明古国之一，印度具有古老深厚的文化底蕴，印度劳动人民在历史上创造了丰富而又多样的文化成果，对人类文化宝库作出了巨大贡献。印度寓言即是其中的一例。印度寓言通常很贴近生活，讲述的都是劳动人民身边发生的故事，这些寓言故事语言通俗易懂，情节生动活泼，但却常常蕴涵着最深刻的人生道理和处世哲学。另外，印度寓言又带有很鲜明的宗教文化色彩，阐述着印度佛教的文化内涵和高深智慧。通过阅读印度经典的寓言故事，我们可以从印度人的智慧中学到很多为人处世的道理，获得人生方向上的指引，同时也可以帮助自己养成良好的学习、生活习惯。下面，就让我们一起来体味印度人民的智慧与哲思吧！

陶器师与国王

从前，在印度的海得拉巴城里，一个陶器师因为做出了一件漂亮的陶器心里特别高兴，因此喝醉了酒。喝醉的陶器师不小心被陶器碎片戳破了额头。因为伤口没有好好地处理，最后伤口处形成了一个很大的非常难看的疤痕。

有一年闹荒灾，家中粮食不够，陶器师饿得骨瘦如柴，只得去外地乞讨。在路上，他遇到了国王的几个臣仆，于是和他们一起逃到了国王库特卜·沙希那里。

看到陶器师额头上的疤痕，国王心里想道："这一定是个在战场上勇敢战斗的人！"因此对他特别敬重，赐给他大把的金子和布匹作为礼物。国王像对待王子一样对待陶器师，这使陶器师非常得意，也让其他人十分嫉妒。

有一天，大家一起出去狩猎时，国王问陶器师：“你额头上的疤，是在哪一次战争中留下呀？”

他说道：“陛下，我是一个陶器师，这是我们家世袭的职业。额头上的伤口并不是因为什么作战而受伤，而是有一回，我因为做出了一个漂亮的陶器，太高兴了就喝醉了酒，在布满陶器碎片的院子里跌跌撞撞，摔倒了，额头正好碰在一块陶器碎片的尖角上，于是就留下了这一个非常难看的疤。”

国王生气地说道：“哎呀！原来你是一个陶器师啊，给我抓起来丢出去！”

勇士们向陶器师包围过来，陶器师连忙说道：“陛下呀，请您开恩，您看看我的双手是多么灵巧，我做出来的陶器是多么漂亮！”

国王说道：“你是一个优秀的陶器师，可以做出漂亮的陶器。但是我需要的是在战场上经验丰富、勇敢战斗的战士。你灵巧的双手和漂亮的陶器在战场上又有什么用呢？你还是滚开吧！”

最后，陶器师被勇士们赶出了戈尔康达城堡，丢在了城里的街道上。他重新找了个房子，做起熟悉的制陶手艺，做出很多漂亮的陶器，获得了市民们的肯定。

智慧果

国王库特卜·沙希仅仅凭陶器师头上的疤，就主观臆断陶器师是个勇敢的战士。经过交流才知道，陶器师并不是勇敢的战士，额头上的伤疤只是喝醉才造成的，因此闹了笑话。这故事告诉我们，看待事物要善于发现事物的本质，仅仅依靠表面现象是不能发现事物的内在特性的。

小兔子大败雄狮

在繁茂的森林里，有一只凶残的狮子。

一天，动物们聚集起来，向狮子求情。它们告诉狮子："请您不要再伤害我们了吧！这样下去，森林里都快没有动物了！"

狮子问道："那我不吃东西怎么生存呢？这样吧，以后你们每天中午选一个动物让我吃。否则，我就把你们都吃光。"

动物们只好同意了狮子的要求，从此森林得到了片刻的安息。

有一次，一只小兔子被推举过去当狮子的食物。小兔子不愿意就这么死去，心里不断琢磨着对付狮子的办法。直到傍晚，它才走到狮子面前。

看到晚到的兔子，狮子张开血盆大嘴，对兔子吼道："我明天一定把所有的动物都吃了！"

正在这时，小兔子跪下，对狮子说："请您听我解释一下吧！"

狮子说道："在我失去耐心之前，赶快说吧！"

小兔子说道：“大王，按照惯例，今天轮到我给您当食物了，但是大家觉得我太小，于是它们就派了五只小兔子跟我一起过来。走在路上的时候，我们碰到了一只威武的狮子，它说它才是真正的大王，要我们做它的食物，我就告诉它我们是属于您的。它只吃了其他五只小兔子，留下我来给您报信。”

听了这些话，狮子生气地说道：“赶快带我去找那个强盗狮子，我要好好教训教训它。”

小兔子说道：“那个家伙住在一个地洞里，很难对付的。”

狮子说道：“别啰唆！不管它住在哪里，我一定要把它杀掉。”

说了这些话以后，小兔子就在前面带路。走到一口井前面，它对狮子说道：“那个强盗就在那里。”于是，小兔子就把那一口井指给狮子看。

看到自己在水里的倒影，狮子以为那就是强盗狮子，就发出了一声狮吼。由于回声的缘故，井里也发出了巨大的吼声。听到这吼声，狮子更加愤怒了，于是就向它扑去，结果淹死在了井里。

聪明的小兔子挽救了大家的生命。

智慧果

面对残暴的狮子，森林里的动物们大都不敢反抗，只能认命，而聪明的小兔子却用巧妙的办法除掉了愚蠢的狮子，解救了大家。所以说：“谁要是有智慧，谁就有力量。”

达摩那迦说：“不管是有力量的人，还是没力量的人，都应该下决心去努力，这才是最重要的。只有那些永远努力不懈的人，命运才一定会眷顾。只有那些不愿努力的人才老喊：‘这是命呀，这是命！’用自己的努力打倒命运吧！”

书呆子的幻想

从前，有位书呆子婆罗门教徒，他常接受一位商人的施舍，吃商人家祭供祖先剩下的祭品。要是有时商人家没有剩下的祭品了，便施舍给他一点面粉。

他每次拿到面粉后，都带回家里，装在一个罐子里保存。他想，我这样每天集一点，每天集一点，过不了多久，我就会有很多的面粉了。终于有一天，他的罐子里集齐了满满一罐面粉。他担心面粉被老鼠偷吃了，就把罐子挂在床边的墙上，晚上就看着那个罐子睡觉。

有一天早晨，他一觉醒来，对着头顶上的那只罐子看呀看，看着看着他就开始发起呆来，他想：最近闹饥荒，粮食的价格已经越来越高了，而加工后的粮食——面粉也更贵了。我肯定已有了价值约二十卢比的面粉，我要是将它卖了，再去市场买回二十只小羊羔。过半年，这些小羊羔就都长大了，会再生出更多的小羊羔；几年以后，那便是几百头羊羔呢！在市场上，用四头羊羔又能换回一头怀崽的小母牛。于是，我便可以把那些羊羔换成上百头小母牛，再过一段时间，这些母牛又会生下小公牛，我就让它们帮家里耕田犁地。这样一来，我将会是粮食丰产，生活富裕，地位尊贵的婆罗门了。到时候我再娶一位门第相当的婆罗门教徒的漂亮妻子，生活就完美了。

他顿了顿，接着想到，要是我的儿子正在玩耍，一不小心摔倒了，而我妻子却只知忙于计算家财，不好好照看孩子的话，我就举起手杖朝她打去……

在他完全沉醉于幻想之中，扬扬得意之际，顺手便抄起他的手杖，朝着前面挥舞过去，正好打在头顶装满面粉的罐子上。罐子被打成碎片，面粉全倒在他的头上，他一下子成了雪白的粉人。

成了面人后的他完全愣住了，半天才反应过来，就这样，他的羊羔没了，母牛没了，粮食没了，妻子也没了……什么都没了，他蹲在地上号啕大哭了起来。

智慧果

靠别人施舍过活的书呆子婆罗门教徒，仅仅面对着一罐面粉，就展开了不切实际的空想，他想到了未来生活的一切，最后却因为毁掉了那罐面粉，从而断送了他过上美满生活的可能。这个故事告诉我们，假如整日空想未来，却不付出努力，是不可能实现自己的理想的。只有脚踏实地，勤奋踏实工作的人，才能过上美满的生活。

国王、鸽子和雀鹰

很久以前，一只鸽子被雀鹰追逐，它受伤后跌落在国王的花园里，它受伤了，想请求国王保护它。国王看到可怜的鸽子惊恐万分，便对它说："你真是太美了！请放心吧，我会保护你的！我愿意豁出我的生命来保护你！"

凶恶的雀鹰听见了这些话，它对国王喊道："这只鸽子是我的猎物，我要吃掉它，这是毗湿奴神的意志。你可以保护在战争中受伤的士兵，可以保护在饥荒中生病的穷人，但你无权保护在空中飞行的鸟类。没有它作为食物，我就会被饿死。你应该考虑考虑神是否会答应你这样做。"

国王回答说：“好吧，也许神不高兴我这样做。为了不让你饿死，我可以给你准备一头牛、一头猪和一只鹿作为食物。或者你说吧，想要什么都可以，就是不能抓走这只美丽的鸽子。”

雀鹰不答应，它说：“我只吃鸽子肉，不吃其他动物的肉。”它恶狠狠地看了国王一眼继续说：“国王，既然你这么慈善，就请你割下自己身上与鸽子重量相等的一块肉给我吃吧！”

国王高兴地回答说：“感谢您的宽厚大量，我现在就去。”

说完，国王拿来一个天平，把鸽子放在天平的一端，然后忍痛割下小腿上的一块肉，放在天平的另一个盘子上。结果没有鸽子那头重，天平不能平衡。他又先后割掉大腿、双臂、肚子上的肉，放在天平上，可奇怪的是，天平仍然不能平衡。到了最后，国王只剩下一个骨架了，但是重量仍然不够。最后，奄奄一息的国王只好自己坐在天平的盘子上，最后天平终于平衡了。

这时天空中忽然传来了圣乐，雀鹰和鸽子都不见了，众神降临了。天上又降下了甘露，落在国王的身体上，国王鲜血淋淋的身体奇迹般地复原了。同时，绚烂无比的鲜花从天上缤纷而落。不远处，一辆非常精美的马车走了过来，停在国王面前。众神把国王扶进车里，带他进了天堂。这是善良的国王应得的福报。

智慧果

善良的国王为了保护落难的鸽子，不惜以自己的身体乃至生命作为交换，他献出了自己整个身体，终于使天平平衡了。最后众神出现了，将奄奄一息的国王救活，并带他上了天堂。这个故事告诉我们，善有善报，恶有恶报，乐于助人的人总是能得到人们的尊敬和帮助。

深林中的隐士

从前，在摩揭陀国里住着一位富裕的贵族商人，他衣食无忧，妻子美丽，儿女成群。可是妻子的啰唆，儿女的吵闹，以及家庭的琐事，让他非常烦恼。

有一天，他实在是太烦恼了，想独自离开这里。于是他毅然抛弃了他美丽的妻子、可爱的孩子们，以及所有的财产，独自逃遁到比哈尔附近的一个人迹罕至的深山老林里，筑了一个小茅屋，过着隐士的生活。他只有身上缠着的一块破布，其他什么也没有。饿了就去找野果子充饥，渴了就去溪边喝水，他觉得很满足，心里想：现在终于没什么烦恼了，我终于清静了。

可是这深山老林里老鼠非常多，常常把隐士缠身的布咬坏。隐士想尽法子驱除老鼠，都没有效果。于是，隐士就养了一只猫来治鼠害。不久之后，猫产下了几只小猫崽，猫崽太小了不能吃老鼠，要喝牛奶。隐士没办法，不得不再养一头牛，取牛奶作为猫崽的饮料。牛又需要有人来照料，隐士不得不又去找来一个牧童，每天照料牛和小猫崽。可是隐士的茅屋太小了，牧童必须有间房子住，于是隐士就造了一间更大的房子，有两间房，他和牧童一起住。可是房子大了就需要有人来料理，牧童也需要有人来做饭。于是隐士又雇了一个女仆来料理房子，做饭给牧童吃。

过了一段时间，女仆又嫌山里太寂寞，她去外面招了几个人来做伴，每天一起劳作。隐士不得已又添建了几间屋子给她们居住。

就这样，几年过去了，这里的人越来越多，越来越杂，最后居然成了一个喧闹的小镇。隐士已经不再是隐士了，他成了小镇的首领，每天忙于各种事务，被很多事情烦恼着。

到这时，他才觉悟了，叹着气说：“啊！我现在终于明白了，一个人想要真正摆脱世间一切烦恼的束缚，是不可能实现的。”

智慧果

富裕的商人为了摆脱生活的琐事，毅然抛弃所有，过着隐士的生活，结果却因为自身的需求，让越来越多的人聚到这里，成为一个喧闹的小镇，烦恼又重新将富商包围。这个故事告诉我们，一个人想要真正摆脱世间一切烦恼的束缚，是不可能实现的。人是社会性的，有各种各样的需求，所以烦恼是必然少不了的，关键在于你如何看待和处理烦恼，而不是逃避烦恼。

只造第三层楼

在印度古老的瓦拉纳西城里，住着一个刹帝利富翁，他继承了庞大的家族财富，仆人众多，子女成群，却没有多少知识，还很容易嫉妒别人，因此闹了不少笑话。

一天，他受邀到另一个富翁家里去做客，参观别人新建的一座房子。到了另一个富翁家里以后，他看见了这个三层楼的房子，富丽堂皇，高大气派，心里十分羡慕。回到家以后，他仍对这个房子念念不忘，暗自想道：我的财富并不比他少，为什么他能造这么漂亮的三层楼呢？我要在恒河边建一座更漂亮更宏伟的房子。

富翁回家之后，马上找来了建筑师，问："三层楼高的漂亮房子，你造得出吗？”

建筑师爽快地说道：“当然，我的设计保证你满意，你放心吧！”

富翁就说：“好，你马上给我造，一定要最好的。”

于是，建筑师开始从早到晚，忙里忙外，平整地基、垫础石、打墙脚，不停地在工作。

但富翁却不知道建筑师为什么要做这些，就好奇地问道：“你这是在做什么呢？”

建筑师回答说：“我在给您造三层楼呀！”

富翁疑惑地问道：“为什么造三层楼要在下面建造，不在上面建造呢？”

建筑师回答说：“必须一层一层地往上造，不打好地基，建好下面两层，又怎么建造第三层房子呢？”

不料富翁急切地说：“不，不，我不需要下面的两层，你不用造了，把所有的材料都用来建造第三层！要建造出更漂亮更宏伟的第三层！”

建筑师无奈，只能努力向富翁解释，但没有知识的富翁很固执，坚持要他不造一二层，只造第三层，建筑师只好停手不干，愤愤地走了。

后来，富翁出再高的价钱，找再多的建筑师与工匠，也没人能给他造只有第三层的房子。他只能感叹道：“天底下真没有好的建筑师呀！”

智慧果

富翁羡慕别人有高大宏伟的三层楼房，请建筑师帮忙建造，却想违反客观规律，只建造第三层。这就是著名的“空中楼阁”的故事，人们常用它来讥讽那种不切合实际的主观空想，或比喻脱离实际的理论、计划等。这个故事告诉我们，不管做什么，都要从基础做起，脚踏实地，一步一步打好基础，才能走向成功。

复活狮子的学者们

婆罗门教徒的四个学者从小一起长大，关系很亲密。其中前三个学者学问渊博,可惜就是没头脑。而第四个学者，虽然不好学，但是头脑很聪明。

一天，他们商议道：“如果不能获得财富和地位，我们渊博的知识又有什么用呢？所以，我们应该到外面去闯荡！”于是他们便动身出发了。

走了一段路之后，最年长的那位学者突然说：“我们中间有个有头脑的人，但是他什么都不愿学，君主绝不会赐给这种不学无术的人任何财富或者地位的。我觉得，他最好还是趁早回家去吧！”

第二位学者接着嚷嚷道：“喂，你是个有头脑的人！可是你没有任何学问，君主肯定不会看重你的，你还是老老实实回家待着吧！”

第三位学者想了想，却说：“我们自幼在一起玩耍，还是让他一块儿去吧！”

其他两位学者最后还是同意了，于是他们四位又一起继续赶路。

一天，他们进入了一座森林，发现菩提树下躺着一具狮子的遗骸。

最年长的那位学者说：“我们应该用所学的知识和本领将它重新变成活着的狮子。”

第二位学者说：“好，我会给它贴肉、植皮、输血。”

第三位学者说：“那我就将它复活。”

于是，第一位学者将狮子的骨骼拼接好，第二位学者用肉、皮和血将它充实起来，第三位学者便想上前将它复活。

就在这时，那位有头脑的人立即上前劝阻，说道：“这可是一头强壮的狮子啊！要是把它复活了，我们大家都会被咬死的。”

那位学者骂道：“不学无术的东西！我怎么能弃科学知识不用，让它毫无成果呢！”

这位有头脑的人急了：“那等我先上爬了菩提树，你们再把狮子复活吧！”

等他爬上树顶，那位自命不凡的学者已将狮子复活了。

饥饿的狮子猛地跳起来，把三位学者全都吃了。等狮子吃饱喝足离开后，那位有头脑的人才从树上爬下来，独自上路去了，最后因为他的理智，他得到一位国王的重用。

智慧果

三位学者虽然知识渊博，却没有理智冷静的头脑，还瞧不起有头脑没不好学的人，结果三位没头脑的学者复活了狮子，被狮子吃掉，而有理智头脑的人却早早防范，不仅活了下来，还得到了重用。这个故事告诉我们，仅拥有知识，缺乏理智的人，就会像那复活狮子的学者们一样害人又害己。

谁的儿子好

有四位妈妈正在井台上打水，她们每人都有一个儿子。打水的时候，她们便聊着天夸起自己的儿子来。其中有位穿着最讲究、声音最甜美的妈妈先开了口："我的儿子特别招人喜欢，上天给了他一副金嗓子，他唱歌好听极了！"

听她说完，第二位妈妈撇了撇嘴，不服气地说："啊，我的儿子就是个大力士！全镇子都没人是他的对手，直到今天还没有人赢过他哩！"

第三位妈妈听了，停下手中的活，骄傲地捋了捋头发说："我的儿子可聪明了，看书过目不忘，能倒背如流，就好像那些书都装在了他的脑里似的！"

最后一位妈妈听了之后，一句话也没说。那三位妈妈见她不吭声，就问："大姐，你不是也有一个儿子吗？说说他怎么样呀？"

第四位妈妈微微一笑，说：“我的儿子不像你们的儿子那么优秀，实在是惭愧。”

四位妈妈一边说着，一边把满满的水罐顶在头上往家里走去。一位过路的老人听见了，也跟着她们往前走。

不久，第一位妈妈的儿子唱着歌来了。他的嗓子像百灵鸟一样婉转动听。他母亲说：“你们看，这就是我的儿子，他的歌声是多么动听呀！”

接着第二位妈妈的儿子也来了。他身材高大，走路时两只脚踏得地面咚咚作响。他的母亲十分得意地说：“他就是我的大力士儿子，简直就是头强壮的大象！”

说话间，第三位妈妈的儿子也来了。他一边走路一边流利地背诵着梵文古诗。他母亲看了看他，说：“我儿子背的古诗，就是那些年老的学者，也要甘拜下风！”

最后，第四位妈妈的儿子大步跑到母亲跟前，接过母亲头顶的水罐，顶在了自己的头上。另外三位妈妈看到了非常诧异。这时，那位一直跟着她们的老人说话了：“我觉得四个儿子里，这个帮助妈妈顶水罐的儿子最好。”

三位妈妈和三位儿子听了老人的话，都面带愧色地低下了头。

智慧果

不管是唱歌婉转动听的儿子，身材魁梧的大力士儿子，还是满腹诗书富有文化的儿子，他们虽各有所长，却都不是一个合格的儿子。只有懂得孝顺父母，不让父母操心的儿子，是一个合格的儿子。孝就是子女对父母的一种善行和美德，父母生养子女，辛劳无比，作为孩子应该为父母分担力所能及的事，这才是作为一个好孩子的最基本的标尺。

艺人的自满

在乌代浦尔的一个小村庄里，有一位技艺精湛的工匠艺人。艺人有个心灵手巧的儿子，随着年龄的增长，儿子的技艺越来越好，慢慢地，他做的面人比父亲的还精致。

一开始，儿子的面人和父亲的卖一样的价格，但他觉得自己的面人应该卖更高的价格。父亲训斥了儿子，觉得儿子应该把心思放在提高技艺上。于是，儿子就更加认真了。最后，他不仅可以做出精致的面人，同时也可以卖出很高的价格。

可是，父亲依然经常斥责儿子。他总是不满意儿子的面人，总是能找到这样那样的不足。所以儿子做面人比以前更耐心、更刻苦了，他做的面人卖价也越来越高，慢慢涨到了四个卢比、五个卢比、七个卢比、九个卢比，最后到了十个卢比！父亲做的面人还是跟以前一样，每个卖两个卢比。

可是，父亲依然给儿子做的面人一处一处地挑毛病：这只眼睛比那只小了，两个肩膀左高右低，嘴巴不够逼真，有瑕疵，指甲太小，看都看不见！

这一次，儿子不耐烦了。他说："爸爸，你为什么老是挑我做的面人的毛病？你自己做的面人，每个我都能挑出三十个毛病！我觉得我做的面人已经堪称完美了，根本不必再加工！"

父亲听了儿子的话后很失望，他悲伤地说："儿子，你说的我都明白。不过我不希望这样的话从你嘴里说出来，我听了会很难过的。因为一旦你这样去想，今后你做的面人的卖价永远也不会超过十个卢比了。"

"为什么会这样呢？"儿子惊奇地问。

父亲说："作为一个手艺人，如果你认为自己的技艺水平再没有改进提升的余地了，这就意味着你的长进就此停止。我年轻的时候，手艺日益长进，面人的卖价从五十派士涨到七十派士，最后涨到一个卢比、两个卢比，这时候我也对自己的手艺自满起来，结果从那时候开始直到现在，我做的面人只能卖到两个卢比，从来没有超过这个价钱。"

智慧果

这个故事告诉我们，一旦我们开始自满自得的时候，那么离我们停滞不前，不再进步的日子不远了。谦虚使人进步，骄傲使人落后；逆水行舟，不进则退。这个故事告诉我们，永远不要满足自己当前取得的小小成就，我们要追求卓越，不断努力去攀登更高的山峰，挑战更大的困难，做出更大的成就。

驾船的方法

在布莱尔港住着一个大商人，他有一个聪明的儿子。商人自己没什么文化，所以很早就开始请老师教他的儿子，希望他的儿子是个饱读诗书的人。儿子也很认真，每次读书都能把书上的东西记下来，背给商人听。商人觉得有这样一个儿子很高兴。

有一次，大商人买了艘大船，带着长大的儿子和另外一些商人到安达曼海中去捕鱼。

这个大商人的儿子，读过很多关于驾船方法的书，而且对书上的说法背得滚瓜烂熟。于是他自信地对大家说："这一趟远行，大家可以完全放心，我对驾船的一切技术都很在行的！所以，不管是遇到什么困难，我都知道解决办法。这些方法，书上都讲过，我现在都能一字不漏地背得出来。”他一边说着一边比画着，大家听了都很相信他，对他非常敬佩。

就这样，他们的大船不久就开到海中去了。一开始，他们在平静的海域上，捕到了很多大鱼，大商人的儿子建议大家一起去更遥远的印度洋海域，捕更大更多的鱼。商人们想着有他在，即使遇上风浪或者暗礁，也不用害怕，就都同意了。

到了远海以后，风浪果然大了，船上掌舵的人不幸染了风寒，生了急性病，船上又没有医生对他进行医治，很快就死掉了。这个大商人的儿子于是就自然而然地代替了这个掌舵的工作，大家都很相信他。

这时海水也开始随着狂风动荡起来，船在海上猛烈地晃动，就像要翻倒一样。大家都看着大商人的儿子，希望他可以赶快掌舵让船稳定下来。

只见这个大商人的儿子嘴里念念有词地背着书说：“遇到大风大浪的时候，应当这样地握着船舵，这样地拿稳，这样地把握方向。”实际上，他却连手都没有放在船舵上，只是在那里比画着，因为他根本就不知道如何真正地掌舵。

大船在风浪里剧烈摇晃之后，就慢慢沉了下去，最后全船的人都淹死了。

智慧果

大商人的儿子自以为饱读诗书，能流畅背诵书上的知识，就可以掌舵开船，应对各种复杂的海上状况，结果害死了一船人。这说明空谈书本理论，不能解决实际生活中的复杂问题。所以我们读书要结合生活实际，将书本上的理论与生活中的实践结合起来学习。不然空有才学文化，却没有实践经验，是不能做出什么事的。这个印度故事跟中国的“纸上谈兵”有异曲同工之妙，也印证了宋代诗人陆游的一句话：“纸上得来终觉浅，绝知此事要躬行。”

第四个傻瓜

在很久以前，住在印度河下游的摩亨约·达罗，是一个自命不凡的国王，他喜欢耍人取乐，于是命令大臣找四个傻瓜供他取乐。

大臣的公务很繁忙，但国王的命令也不能违抗，所以他只好遵从国王的命令出去找傻瓜。

在路上，大臣看到有一个牵着小马的人，却头顶着沉重的包袱，累得汗流浃背。他没有把包袱驮在马背上，白白浪费了力气。

大臣觉得这是一个傻瓜，于是，他将这个傻瓜叫走了。

大臣继续寻找，他看到一个人在街上不停地向路人分发糖果。大臣停下来，问他："你这是遇到了什么喜事呀？"

那人回答说："先生，我的前妻与别人结婚了。现在他们还生了一个儿子，我真感到高兴，想让大伙儿和我一起庆祝。"

大臣觉得他是个大傻瓜，于是，让他也跟着自己走。

大臣回到王宫，并把两个傻瓜也带到国王面前。国王非常高兴，接着国王问道：“还有两个傻瓜呢？”

大臣回答说：“陛下，我是第三个傻瓜，因为我不干正事，却花了很多时间去寻找傻瓜，简直太愚蠢了。”

“那么第四个傻瓜在哪儿呢？”国王好奇地问道。

大臣面露难色，不肯说。

国王看出了大臣的为难，便说：“这到底是怎么回事？你不说，难道是想让我治你的罪吗？”

听了国王的话，大臣才非常为难地说：“陛下，请恕我直言，这第四个傻瓜便是您。”

国王很生气，让大臣说出原因来。

大臣说：“您让我找四个傻瓜，而不是四个聪明人。您让我找他们取乐浪费时间，却不让我找聪明人帮您治理好国家，所以您也是一个傻瓜。”

国王意识到了自己的错误，他给了这个直言相谏的大臣很多赏赐。从此以后，他也开始专心朝政，国家也越来越强盛了。

智慧果

国王不把时间和精力放在江山社稷，励精图治上，却命令大臣去寻找傻瓜，供自己玩乐，这本身就是不务正业的愚蠢行为。聪明的国王应该学会善用忠诚智慧的大臣，帮忙一起治理好国家，让整个国家强盛安康。这个故事告诉我们，我们要做自己应该做的事情，而不要把精力放在那些无用的事情上！

割肉百两补肉千两

从前在焦特布尔城里住着一个暴君，他眼睛里揉不得沙子，耳朵里听不得坏话，对臣民非常残暴。

有一次，暴君听说有人在私底下议论他，说他非常暴虐，而且很愚蠢，根本不懂得如何治理国家政事，也不懂得如何善待臣民。

暴君听说之后，愤怒不已，暴跳如雷，马上下令臣属搜捕这个敢于议论他的人，迫不及待地想要处置他。

但是，臣属们却一直查不出这个背后议论的人到底是谁，结果最后就把一个贤臣抓去问罪了。

暴君愤怒地问贤臣，为什么要说他的坏话。

贤臣说："国王陛下，臣没有在背后说您坏话，臣从来都是尽心竭力地辅佐您治理政事的。”

暴君不信，认定就是贤臣有罪，判罚他接受严酷的刑罚。那刑罚是剥开犯人的背脊，割下一百两肉来。

割肉的时候，贤臣疼得嗷嗷直叫，最后竟昏过去了。以后的每个晚上，宫廷里都能听见贤臣痛苦的叫声。

随后，很快就有人拿出证据，证明这个贤臣并没有诋毁过国王，说坏话者另有其人。暴君于这才知道自己错了，觉得自己冤枉了他的臣属，想要做些补偿。于是立即命人拿一千两肉去补他的背脊，心想：这下应该能补救我的过错了吧！

不料，那个被割了肉的贤臣，还是夜夜呻吟叫唤，痛苦万分。国王听得很不耐烦，就又招来贤臣，责备他说：“你现在还叫什么呢？我取了你一百两背脊肉，现在拿十倍还你，你还嫌少吗？你真是太贪心了。”

可是，那位受伤的贤臣，已经奄奄一息了，没有力气回答，旁边就有人替他回答说：“尊敬的国王呀，假如有人要砍了你的头，然后再还给您一千个头，您能把头放回原处吗？您愿意吗？”

暴君这才明白错误已经不可挽回，一声不吭地走了。那个贤臣最后因伤势过重而死，再多的肉对于他也没有用了。

智慧果

暴君割掉了贤臣的肉，令贤臣痛苦不已，等真相查明，暴君想补偿贤臣的时候，却发现已经于事无补了，贤臣也因此痛苦地死去。这个故事告诉我们，永远不要随意伤害一个人，或许你觉得犯了错误可以弥补，但是对一个人的伤害却是永远留下的，就算花再大的力气也是无法弥补的，不管这个伤害是大还是小。

大海三鱼

在无边无际的南海里，生活着各种各样的鱼。这天，南海涨起了大潮，波涛汹涌，鱼儿们在浪涛中挣扎着。这时，大浪拍向海岸，三条非常不幸的大鱼，被海浪冲到了岸边的浅水里。

大鱼到了浅水里，可就不能像在海洋里那么自在了，随时都可能被搁浅在沙滩上。它们为了活命，只能拼命向大海里游，可是在回去的道路上，又有捕鱼船。三条大鱼只好聚在一起商量对策。

黑色的大鱼说："这里太危险了，咱们不如趁海潮没退，趁机游回大海去吧。"

银色的大鱼赞同它的意见说道："好！我们不能在这里等死，只有放手一搏了！"

金色的大鱼左顾右盼之后说道："那咱们应该怎么躲过渔船呢？我好害怕！"

金色大鱼的话，让另外两条大鱼有了顾虑，过了一会儿之后，银色的鱼首先说："我豁出去了！"说罢，它用尽全身力气，不到一会儿工夫，便游回了大海。

黑色的鱼看了看渔船，发现银色大鱼的举动已经引起渔民的注意了，他们正密切监视着这个方向，若是再那么游过去，就会很危险。他只好趁着渔民分神的时机，潜到水草下边，冒着被水草缠住身体的危险，小心翼翼地从船下游了过去，很快，也回到了大海。

剩下的金色的大鱼更加害怕了，它不停地哆嗦着身体。它犹豫着，真的不知如何是好。

潮水开始渐渐退去了。金色的大鱼更惊慌了，它跟着退去的潮水往大海里游，不过它很不幸，很快就被渔民发现了。最后，金色的大鱼被渔民捉住了，变成渔民口中的美餐。

智慧果

银色的大鱼在困难和危险之中，展现了勇敢和无畏的精神，这种精神让它敢于挑战危险，最终为自己迎来了生机。黑色的大鱼在困难和危险面前，展现了自己的智慧和果敢，它战胜困难，最终走出危境，为自己找到了一条生路。金色的大鱼在困难和危险面前，胆怯、懦弱，结果丢掉了自己的生命。这个故事告诉我们，在面对危险时，我们不能胆怯和害怕，要依靠自己的勇敢和智慧战胜困难。

参考文献

[1] 崔海飞 . 中国寓言故事（彩绘注音版）[M]. 南昌：二十一世纪出版社，2009.

[2]《图说天下：珍藏版》编委会 . 影响孩子一生的世界经典寓言 [M]. 长春：吉林出版集团有限责任公司，2009.

[3] 新课标研究组 . 中国寓言故事 [M]. 长春：吉林出版集团有限责任公司，2010.

[4] 创世卓越，纪江红 . 影响孩子一生的世界十大名著：伊索寓言（拼音版）[M]. 北京：北京少年儿童出版社，2011.

[5] 墨人 . 孩子一生必读的 300 个寓言故事（星辰卷）（精品彩图注音版）[M]. 北京：中国戏剧出版社，2010.

[6] 伊索 . 伊索寓言全集 [M]. 李汝仪，译 . 南京：译林出版社，2010.

[7] 刘晓菲 . 世界经典童话 寓言 神话 民间故事大全集（超值白金版）[M]. 北京：中国华侨出版社，2010.

[8] 余玉萍，季羡林 . 阿拉伯民间故事 [M]. 沈阳：辽宁少年儿童出版社，2012.

[9] 让·德·拉·封丹 . 拉封丹寓言 [M]. 苏迪，译 . 上海：上海文艺出版社，2013.

[10] 山蕴 . 印度童话 [M]. 太原：北岳文艺出版社，2011.

[11] 何冬萍，王增雯，任溶溶 . 中国古代寓言故事 [M] . 杭州：浙江少年儿童出版社，2009.